MARCO FARINAZZO

UNA GRANDE VENDETTA

PERIFRASI

Questa è una storia puramente inventata; qualunque somiglianza con personaggi esistiti o ancora esistenti è totalmente casuale.
Buona lettura

1. EPISODI CHE CAMBIANO LA VITA

Fin da quando frequentava il college, Jack aveva avuto l'aspirazione ad intraprendere la carriera militare e finalmente, dopo aver passato cinque interminabili anni di scuola superiore, tra momenti di gioia e di delusione, aveva raggiunto l'età idonea per diventare un soldato; lui ne era felicissimo, tuttavia i suoi familiari e persino gli amici lo ritenevano totalmente fuori di testa: beh, dal mio punto di vista avevano ragione: infatti chi diavolo può essere così pazzo da voler finire nel bel mezzo di una guerra con nemici nascosti da tutte le parti che ti sparano addosso? Nonostante ciò, Jack era sicuro di sé e delle sue intenzioni e riuscì a convincere i suoi parenti (senza l'approvazione dei quali, non sarebbe partito) di essere veramente conscio delle sue aspirazioni,e fu mandato in una base di addestramento a Manhattan.
Ero un suo compagno alla High School di Miami: anch'io come tutti i miei amici temevo per lui che non ce la facesse a superare quelle tredici lunghe settimane di addestramento, quel periodo di tempo di cui ci aveva parlato il capitano dei Marine quando era venuto, con altri due ufficiali, a darci un'alternativa (anche se rischiosa) in più da poter provare a sfruttare a nostro vantaggio in prospettiva futura. Ricordo ancora le sue parole: "Allora giovanotti, se volete intraprendere la carriera militare dovrete affrontare tredici settimane di duro addestramento in una base militare; solo allora potrete dire di essere pronti per andare in guerra; se ci sono domande siamo qui a vostra disposizione; su, non siate timidi ragazzi". Già si sa, che per far emergere domande l'una dietro l'altra, ne basta una dalla prima persona che ha il coraggio di porla; e non resto qui a dire se ne emersero poche o tante, la risposta è scontata; ciò che invece mi parve un po' strano, è il fatto che Jack non chiese nulla e se ne stette zitto ad ascoltare le domande dei suoi compagni e le risposte del capitano: era sempre stato un tipo silenzioso, ma

questa era una cosa che gli interessava molto! Questo mio dubbio si risolse un'ora dopo l'incontro con i Marine, quando, mentre parlavamo, gli chiesi : "Per quale motivo non hai fatto domande al capitano?" lui rispose: "Non ho chiesto nulla perché sono già abbastanza informato: mi sono documentato molto in questo periodo sulla vita militare, e so che sarà veramente dura".
Trascorse la primavera, tra i pochi momenti di svago e i libri continuamente davanti agli occhi: un periodo che sembrava non finire mai. Finalmente il 20 giugno 2003 terminai il quinquennio e facemmo una festa di fine corso in cui ci divertimmo molto; mi ricordo che ci ubriacammo talmente tanto, che qualcuno vomitò tutta la serata.... beh, credo che se quel qualcuno dovesse descrivere quella sera, direbbe certamente di non ricordare nulla dall'ubriachezza, oppure di averci visto molto poco.. Dopo la grande festa, Jack ci lasciò tutti: aveva già richiesto di intraprendere la carriera militare e verso la mezzanotte, quando finì il party, andò a casa per preparare le valigie, che dovevano essere pronte per il giorno successivo, perché sarebbe partito per Manhattan. Mi sentivo triste: dopotutto, era diventato il mio migliore amico durante questi anni passati a studiare, e questa poteva essere l'ultima volta che lo avrei visto, malgrado non volessi assolutamente pensarci: Jack caduto in guerra? La sola idea mi faceva venire il vomito, e visto che anch'io avevo bevuto qualche birra durante la festa, vomitarmi addosso sarebbe stato ancora più facile.
Ad ogni modo me ne tornai a casa, dove mio padre e mia madre aspettavano ansiosamente il mio arrivo, dato che ero ampiamente in ritardo rispetto all'ora in cui mi avevano detto di tornare: ma che ci potevo fare, c'erano tutti i miei amici alla festa! Che figura ci avrei mai fatto?!
 "Allora, ho sentito che Jack partirà tra poche ore per Manhattan figliolo" disse mio padre.. Non capivo in che modo

lo sapesse già.. "Tu come lo sai, papà?" chiesi con voce rauca ed espressione brilla.. "I suoi genitori sono passati da noi circa un'ora fa e ci hanno detto tutto.. Sinceramente non mi sembravano molto contenti.. Tu ne sai qualcosa?" disse mia madre, quasi interrompendo la conversazione tra me e papà.. tacqui per un istante.. poi risposi " Beh ma che pretendi?! Che siano felici? Il loro figlio andrà sempre in guerra!! Non so lui, ma io non vorrei mai trovarmi nel bel mezzo di una sparatoria!!" " Beh, non lo vorrei neanch'io per te figliolo, ma credo che qualche settimana di addestramento ti farebbe bene.. te lo assicuro.. almeno ti toglierebbe quel modo pigro di fare che hai" ribatté mio padre, sogghignando; " Spiritoso!!" dissi io, quasi mandandolo a quel paese.. "Ehi ehi stavo solo scherzando!" mi rispose sorridente.. scoppiammo in breve risatina, dopodiché ci salutammo con un reciproco "Buonanotte" e tutti e tre ce ne andammo a letto.
Mi svegliai il mattino successivo.. e avrei voluto non averlo mai fatto.. scesi le scale per andare in cucina, dove mi aspettavo che la colazione fosse pronta.. non vi trovai nessuno, eppure erano già le dieci del mattino! Mio padre doveva già essere al lavoro, e mia madre.. beh.. era casalinga, ma almeno doveva essere sveglia!! La valigetta di papà sul tavolo in salotto, che precedeva la cucina, mi fece capire che non era uscito di casa.. provai a chiamarlo, ma invano.. poi tentai di chiamare mia madre.. nemmeno lei rispondeva: cominciavo a spaventarmi: dunque salii di nuovo le scale, il più in fretta possibile e mi diressi verso la loro stanza.. la porta era chiusa e la aprii velocemente, senza curarmi di poter fare rumore.. non lo avessi mai fatto.. quel che vidi fu talmente terrificante e raccapricciante da farmi vomitare sul pavimento l'istante seguente: li trovai entrambi sgozzati sul letto sporco di sangue.. a quella vista, cominciai a sentirmi girare la testa.. ma cercai di restare calmo il più possibile, anche perché in quel momento emersero nella mia mente mille domande che necessitavano di

una risposta.. "Ma chi può essere stato ad uccidere i miei genitori? Perché loro e non me? Cosa diavolo faccio adesso?!?! Chi chiamo? Sospetteranno di me, mi arresteranno di sicuro.. ma no, forse mi faranno qualche domanda.. dopotutto, non posso averli uccisi io, la polizia lo saprà..". Nonostante cercassi di mantenere la calma, mi sentii per un attimo svenire, e barcollai addosso alla parete della stanza. Continuava a girarmi la testa, e quando il mio corpo si decise a capire che non si sarebbe mai potuto reggere in piedi alla vista di un simile abominio, mi sedetti sul pavimento, con la schiena appoggiata al muro. L'orripilante scena che i miei occhi erano appena stati costretti ad osservare (perché quando succedono cose del genere, chiunque preferirebbe essere cieco e non vedere nulla di ciò che succede intorno a lui, ve lo assicuro), non diede loro neanche la possibilità di colmarsi di lacrime. Forse, il mio sistema nervoso era consapevole del fatto che non era ancora arrivata l'ora di scoppiare a piangere. Già, il mio sistema nervoso, vi dico, perché in quel momento il mio corpo e la mia mente non erano una cosa sola. Probabilmente, se lo fossero stati, le lacrime agli occhi non avrebbero atteso un istante ad arrivare, come un acquazzone che irrompe una volta che il vento smette di soffiare.
Mi parve di addormentarmi, o forse di svenire per qualche istante. Furono gli attimi più sereni di quella giornata: attimi di inconsapevolezza, attimi di nulla. Per quel breve lasso di tempo la mia mente errò al di fuori del pensiero e del tempo, come se il mondo in cui vivevo prima avesse deciso di scomparire, o forse, nella sua malevolenza, di esiliarmi dalla realtà. Ma si trattava davvero di malevolenza? Non poteva essere plausibile ipotizzare che questo mondo, così crudele, avesse pensato per un solo istante di proteggermi dalla sofferenza intrisa nei volti dei miei genitori, ancora con gli occhi sbarrati e la gola che traboccava sangue? Non lo saprò mai: il mio corpo e la mia mente si erano già riuniti in un tutt'uno, con quest'ultima che

aveva ricominciato a comandare i miei organi, ordinando loro di risvegliarsi e ricominciare a funzionare. Mi rialzai in piedi, e riguardai i volti di mio padre e di mia madre. Ed ecco, che "finalmente" le lacrime iniziarono a riempire i miei occhi, come mai lo avevano fatto in tutta la mia vita e come mai lo faranno per tutto il resto dei miei giorni. Quel figlio d'un cane che aveva mosso loro tanta violenza non s'era nemmeno degnato di chiudere loro gli occhi. Non capivo il motivo di tanta efferatezza, non conoscevo il loro assassino, né (se c'era) il suo mandante, ma già li odiavo. Per un attimo desiderai uscire di casa, con chissà quale arma in mano, e fare la stessa cosa al primo sfortunato che mi sarebbe capitato a tiro. Ma fortunatamente, si trattò solamente di un istante di pazzia, che la ragione seppe reprimere senza nemmeno sforzarsi più di tanto. Capii che non potevo fare nulla, se non chiamare qualcuno che si occupasse dei corpi dei miei genitori, oramai privi di vita. Chiamai la polizia e l'ambulanza, che arrivarono dopo pochi minuti, accompagnati da un medico legale, il quale altro non poté fare se non procedere alla stesura del certificato di morte violenta.

Fui portato, ancora incredulo di aver perso la mia famiglia, alla centrale di polizia di Miami, dove fui immediatamente interrogato sulla vita dei miei genitori, e su che cosa avessi fatto durante la notte del duplice omicidio.. Risposi con sicurezza di essere stato ad una festa, e di essere tornato a casa verso le una di notte.. aggiunsi di aver anche parlato con mio padre per un po', prima di andare a dormire... "E poi.. l'ho trovato questa mattina sgozzato, insieme a mia madre".. Dopo qualche istante di silenzio, in cui non riuscii a trattenere le lacrime, il detective Johnson si avvicinò alla sedia della sala interrogatori in cui, disperato, sedevo.

"Che lavoro faceva tuo padre?" mi chiese con tono sommesso e comprensivo.. "Operaio.. lui era un operaio" risposi.. "E tua madre?" ..io, ancora con le lacrime agli occhi, ribattei " lei era

una casalinga".. Vedendomi in quello stato, capì di non potermi fare altre domande. Per quanto fosse il suo lavoro, comprendeva il mio stato d'animo, ed a mio parere è proprio questo che distingue un detective competente da un ispettore incapace. È una regola, per la maggior parte degli investigatori, indagare con approccio distaccato dalle situazioni. A mio parere, è proprio a causa di questa regola che molti casi rimangono irrisolti. Gli uomini, benevoli o malvagi che siano, vivono di passioni, di sentimenti e di emozioni, e se non si riesce a comprendere questo, non si potrà mai capire che cosa può portare un individuo a compiere atti così brutali.
"Bene.. Puoi andare.. ma mi raccomando, tieniti a disposizione" mi disse Johnson.. Il detective era un uomo alto, sulla quarantina, di colore, magro di corporatura.. portava un paio di occhiali da vista.. e indossava una giacca e un paio di pantaloni neri.
Me ne uscii dal distretto.. ma non tornai assolutamente a casa, che era stata messa sotto sequestro per le indagini.. Mi recai in un bar e bevvi a più non posso, fino ad ubriacarmi.. non sapevo più che fare della mia vita.. chi sarebbe stato con me, ora che il mio migliore amico era partito e che i miei familiari erano morti?!.. quando tornai in me, ricordai le ultime parole di mio padre.. " Avresti bisogno di un po' di addestramento.. ti farebbe bene".. quelle parole continuavano a vagare nella mia mente, facendomi estraniare da tutto ciò che in quel momento mi circondava, come dei banchi di nebbia che scendono verso il basso, offuscandoti la vista mentre sei alla guida.. Ad un certo punto, però, posso dire che quelle parole "rivoluzionarono", in un certo senso, le mie aspirazioni ed aspettative future.. per un attimo, mi sembrò di essere diventato completamente pazzo, forse per le birre che mi ero scolato, o forse per tutto ciò che mi era successo durante quella mattina.. ma decisi, che anch'io volevo intraprendere la carriera militare, proprio come Jack; per qualche istante pensai anche a lui: me lo immaginavo

mentre faticava durante l'addestramento.. nello stesso tempo temevo per me di non essere abbastanza forte psicologicamente per fare il soldato; ma che altro potevo fare?! Avevo perso tutto ciò che avevo!.. "Ormai non ho più niente, né i genitori, né un amico.. da chi potrei andare? Da qualche mio compagno di scuola? No, loro partiranno tutti, alcuni se ne sono già andati, Jack compreso. E non ho un lavoro.. Non posso certo pensare di vivere come un vagabondo, devo trovarmi qualcosa da fare" pensai.. "Sì... è giunto il momento di prendere una decisione..Sì, è giusto...Voglio diventare un soldato..".. Conclusi che la mia decisione era la più corretta, e che avrei dovuto rimboccarmi bene le maniche e cominciare a fare qualcosa di utile a me stesso.. D'altronde, per quanto stessi soffrendo in quel momento, dovevo continuare a vivere: erano morti i miei genitori, non io! Io ero lì, vivo e vegeto, in salute, e in quel momento anche un po' ubriaco. Ma questa è la vita, e bisogna accettare ciò che offre. Per quanto potessi chiedermi perché questa disgrazia fosse successa proprio a me, mi rendevo conto di non potermi dare una risposta da solo. Ero in procinto di ritornare al distretto per inoltrare la domanda di ammissione al corpo dei Marines, ma appena mi resi conto dello stato in cui ero (abbastanza ubriaco, e puzzavo di alcool da fare schifo), conclusi che sarebbe stato più opportuno aspettare l'indomani per ripresentarmi al distretto e informarmi su come avrei potuto richiedere di intraprendere la carriera militare.
Per il momento, però, decisi di prendere un taxi e farmi portare fino alla spiaggia; una volta arrivati a destinazione, pagai il tassista con qualche dollaro di quelli che mi rimanevano nel portafoglio e lo ringraziai per il suo servizio: la spiaggia era piena zeppa di gente: osservai l'acqua limpida del mare e respirai il profumo dell'aria marittima: tutte queste sensazioni, che mi ricordavano la mia famiglia, furono accompagnate da un pianto, in loro memoria; potevo vedere i bambini che

giocavano con la sabbia, e nello stesso tempo, mentre li guardavo, pensavo alla mia infanzia.. oltre allo sconvolgimento, per tutto ciò che mi era successo, provavo un forte senso di nostalgia del mio felice passato; questi pensieri continuarono a vagarmi nella mente per tutta la giornata, fino a che non venne la sera e decisi di abbandonare la spiaggia per tornarmene in centro a Miami, che non era molto distante. Passai la serata a girare per la città: non l'avevo mai vista di notte... beh.. non che ci fosse chissà cosa da vedere, ma la vista notturna di Miami mi suscitava nella mente un non so che di nuovo, di speciale.. come l'ascolto di una canzone nuova, che piace già dopo la prima volta che la si sente..
Pensai che avrei avuto la possibilità di osservare i locali notturni aperti, nei quali non ero mai andato a causa della mia età, troppo giovane.. ora che avevo ventuno anni (ahimè, avevo perso tre anni alla scuola superiore) sarei potuto entrare in uno di questi, e lo feci. Entrai nel primo locale che vidi: mi trovavo in una grande sala giochi, con un tavolo da biliardo e altri macchinari, probabilmente, anzi, certamente, riservati al gioco d'azzardo; mi guardai intorno e vidi che il locale era pressoché vuoto; vi erano solamente quattro persone: due di esse stavano giocando a biliardo, il terzo stava giocando d'azzardo, mentre l'ultimo si era seduto davanti al bancone, per prendere da bere: quando mi vide entrare, il barista mi guardò storcendo il naso: "Hai bisogno di qualcosa?" mi disse; io, per qualche istante non seppi cosa rispondere; ma cominciavo ad essere stanco.. ad un tratto guardai l'orologio: erano circa mezzanotte e dedussi che il locale doveva essere aperto da poco.. "Mi scusi signore" dissi "non è che per caso ha qualcosa da mangiare?".. "Ma certamente giovanotto" mi rispose.. Tutto d'un tratto, però, mi resi conto di non avere soldi nel portafoglio.. Quindi ritirai la mia richiesta.. la reazione del barista non fu delle migliori: infatti, egli mi guardò storto.. io lo notai e con sguardo dispiaciuto gli dissi.. "Mi scusi tanto.. ma non ho abbastanza

soldi nel portafogli.. e servirmi senza pagare non mi sembra giusto.." .. il suo sguardo, allora, cambiò, diventando più comprensivo.. " Tranquillo ragazzo, per questa volta posso fare un'eccezione.. A proposito.. Hai sentito di cos'è successo stanotte a casa Scott? Due persone sgozzate.. cavoli.. che crudeltà c'è a questo mondo.." Scott, per l'appunto è il mio cognome.. per un attimo tacqui.. e cominciai ad ansimare l'istante successivo.. Il barista notò il mio stato d'animo.. "Ehi ragazzo, che ti prende?!".. "Loro.." cominciai a parlare, singhiozzando.. "loro erano i miei genitori..".. La mia risposta lasciò di stucco il barman, il quale, non sapendo cosa rispondere, non fu in grado di dire altro che un banale.. "Mi dispiace molto..".. gli sorrisi, per fargli capire che apprezzavo le sue condoglianze.. Nel frattempo il locale si stava riempiendo.. io, cominciando ad essere veramente assonnato, gli chiesi: "Mi scusi tanto.. Ma la mia casa è stata posta sotto sequestro per le indagini.. non è che magari lei potrebbe darmi un alloggio? Mi basterà molto poco..".. " Va bene giovanotto, non c'è nessun problema per me; purché non me la rovesci.. dietro il bagno c'è una stanza: è la camera dove vado ogni giorno qualche ora prima di aprire il locale.. tieni, queste sono le chiavi.. " e mentre me le consegnava mi ripeté " Ma mi raccomando, non mettere niente a soqquadro.." "Certamente" gli risposi, e lo ringraziai del favore.. "Un'ultima cosa.." mi disse.. "tieni.. questi sono duecento dollari.. te li presto.. ne avrai bisogno figliolo.. spendili bene.." " Oh, grazie mille signore.. lei è davvero una persona perbene" gli risposi ringraziandolo ancora. Non immaginate quale disprezzo provavo in quel momento verso me stesso. Mi sentivo un accattone, che se ne andava in giro a chiedere l'elemosina. Con il senno del poi, avrei voluto rifiutare la somma di denaro offertami, ed accettare solo quella piccola stanza in cui dormire. Ma con il senno del poi, si fanno molte cose...
Devo dire che ero stato davvero fortunato.. Non pensavo che

qualcuno mi avrebbe dato un alloggio quella sera.. Mi ero già rassegnato a girovagare per Miami tutta la notte, prima di entrare in quel locale.
Mi diressi verso la stanza dietro il bagno, e con le chiavi del barista aprii la porta.. Entrai e mi guardai intorno.. mi sembrava di essere all'interno di una cella: la camera era molto piccola, senza finestre.. i muri erano di colore giallognolo.. gli spigoli delle pareti erano piene di ragnatele ed ammuffiti.. c'era a malapena spazio per un letto di piccole dimensioni, e per un piccolo frigorifero, in cui trovai un paio di birre, una delle quali già stappata. Aprii l'altra e me la bevvi, poi, quasi non reggendomi in piedi, un po' per il sonno, e un po' per l'effetto della birra, raggiunsi il letto barcollando.. Lì mi addormentai in un sonno profondo..
Il mattino seguente mi risvegliai verso le undici.. Trovai davanti a me il barista; non sapevo come avesse fatto ad entrare nella stanza, ma dedussi che probabilmente aveva una copia della chiave.. "Buongiorno giovanotto.. Era da un po' che aspettavo ti svegliassi.. hai dormito come un ghiro, figliolo..ti sentivo anche russare qualche volta" disse sogghignando con tono scherzoso.. "Ma lei.. Lei veniva qui durante la notte?.. " chiesi imbarazzato.. "Ogni tanto venivo a controllare che fosse tutto a posto.. mi assentavo dal bancone e venivo qui.. e ti trovavo sempre a dormire..".. Io tacqui per qualche istante..poi risposi "Grazie mille per l'ospitalità.. senza di lei mi sarei trovato a girovagare tutta la notte.. e assonnato e stanco com'ero, mi sarei addormentato per strada come un barbone.."
A queste parole il barista scoppiò in una breve risatina.. " Ora me ne devo andare.. esco a farmi un giretto" dissi.. "Puoi tornare qui stasera se vuoi, figliolo" ribatté il barman.. Annuii con la testa ostentando un sorriso di gratitudine.
Guardai l'orologio e visi che erano le undici e un quarto: ora dovevo recarmi al distretto, come programmato il giorno prima, con lo scopo di informarmi sul modo per accedere alla

carriera militare; quindi presi un taxi, e gli ordinai di portarmi al distretto di polizia; una volta arrivati a destinazione, pagai il tassista e mi diressi verso l'entrata del distretto.. Trovai il detective Johnson, che stava uscendo dall'edificio, e lo fermai.. "Detective!" gli dissi.. Lui si girò di scatto.. e mi salutò facendo cenno con la mano.. Lo avvicinai, poi gli chiesi "Senta.. Volevo farle due domande.." "Certo ragazzo, dimmi pure".. "Ecco.. per prima cosa volevo chiederle come stanno procedendo le indagini.. e poi.. Beh, volevo chiederle in che modo posso intraprendere la carriera militare..".. Il detective, allora cominciò a rispondermi: " Beh.. per le indagini.. diciamo che siamo a un punto morto.. Non abbiamo nessun sospetto ancora.. sembra che il killer non abbia lasciato molte tracce, ma abbiamo trovato un capello vicino al corpo di tuo padre, e ne stiamo esaminando il DNA.. E per la seconda domanda.. ti posso aiutare io.. farò qualche telefonata.. se mi lasci i tuoi dati.. " "Certamente" gli risposi ed estrassi dal mio portafogli la carta d'identità; egli la visionò e, prendendo un taccuino dalla tasca dei pantaloni si annotò i miei dati; gli lasciai anche il mio numero di cellulare, nel caso avesse dovuto chiamarmi.. "Va bene figliolo.. ci penso io non ti preoccupare.. A proposito.. ora che casa tua è stata messa sotto sequestro tu non hai alcun alloggio, vero?" "No.. veramente ne ho trovato uno ieri in un locale notturno.. il barista teneva una stanza per sé, dove non fa mai entrare nessuno.. almeno, così mi dice.. l'ha lasciata a me stanotte.. e mi ha detto che quando voglio posso tornarvi.." "Ho capito.. Beh.. Se vuoi.. puoi venire da me, quando ne hai bisogno. Io abito proprio vicino al dipartimento.. in via 1st May 32.." " 1st May Street 32.. ok.. grazie mille detective" gli risposi; egli mi annuì con la testa accennandomi un sorriso..
Io e Johnson ci salutammo e ci separammo; decisi di fermarmi nel primo bar che avrei trovato per prendere qualcosa da mangiare.. Cominciai a camminare per trovarne uno.. era quasi mezzogiorno ed ero affamato.. Fortunatamente non camminai

a lungo: a circa duecento metri dal dipartimento c'era una piccola osteria, in cui mi entrai.. "Buon giorno figliolo" mi disse il barista, non appena mi vide entrare.. "Buon giorno" risposi.. "Una birra e un hamburger, grazie..", dissi mentre mi avvicinavo al bancone.. Mi presi un il primo tavolo che trovai libero, e attesi.. Dopo una decina di minuti fui servito e mi fu portato anche il conto.. "Sono tre dollari e mezzo, giovanotto.." mi disse il barista sorridendo.. "Certamente" dissi, e tirai fuori una banconota da cinque dollari.. Il resto mi fu dato all'istante.. "Grazie" dissi accennando un sorriso.. "Grazie a te giovanotto".. ribatté il barista; mangiai con molta calma e tranquillità il mio hamburger e bevvi la mia birra.. poi, verso le due me ne andai..
Presi un taxi e mi feci portare alla spiaggia: avevo voglia di farmi una camminata, e pensai che la strada non fosse il posto migliore per passeggiare, vista l'elevatissima presenza di smog portato dalle auto in continuo movimento.. Una volta arrivati, pagai il taxista, lo ringraziai e scesi dal taxi; mi avvicinai alla spiaggia e continuai ad avanzare, fino ad arrivare a mettere i piedi in acqua: tutto d'un tratto un soffio di vento mi accarezzò, facendomi quasi venire un brivido.. Per un attimo pensai che fossero gli spiriti dei miei genitori, che mi stessero accarezzando vegliando su di me dal cielo, come due angeli custodi.. "Chissà se riuscirò mai a diventare come mio padre.." pensavo, mentre camminavo.. Lui era un grand'uomo.. era stimato da tutti.. "Ma per quale motivo lo hanno ammazzato?!".. Continuavo ad essere convinto di non poter trovare alcuna risposta a questa domanda, che mi continuava a vagare nella mente. Qualche minuto più tardi, però, ricevetti una chiamata al cellulare... "Pronto..?" "Detective Johnson, polizia di Miami"
"Detective!!" ribattei sorpreso, e pensai: "Spero che abbia qualche novità sulle indagini."
"Figliolo, devi presentarti al dipartimento entro mezz'ora al

massimo..c'è stata una svolta nelle indagini, e ci sono tre cose che devi sapere.. due sono buone, ma l'altra ti lascerà stupito molto negativamente.."
"Sarò lì tra dieci minuti al massimo" risposi, ed agganciai..
Preoccupato, guardai l'orologio.. si erano già fatte le tre del pomeriggio.. Presi il primo taxi che passava davanti alla spiaggia.. "Al distretto di polizia, velocemente, grazie.." dissi al tassista.. "Subito" mi rispose.. Il taxi partì e raggiunse rapidamente la stazione di polizia.. Scesi, pagai, e mi diressi di corsa all'ingresso dell'edificio.. Una volta entrato, salii due piani di scale, fino ad arrivare nell'ufficio del detective Johnson; bussai, e senza aspettare il consenso del detective, tanta era l'agitazione per quanto dovevo ancora sentirmi dire, entrai: Johnson era seduto davanti al computer della sua scrivania; il suo volto ostentava un'espressione molto turbata, che mi faceva preoccupare, a poco a poco, sempre di più; egli mi fissò.. poi, con l'espressione rassegnata di chi sa di doverti raccontare una verità molto scomoda, cominciò a parlare..
"Allora figliolo.. Da dove vogliamo partire? Dalle notizie buone, o da quella cattiva?" ; non seppi cosa rispondere e tacqui per qualche istante.. poi ribattei "Dalle buone, così la mia preoccupazione si allenterà un po'.. o almeno, io ci spero.."
"Va bene, partiamo dalle buone notizie; la prima è che facendo qualche telefonata in giro, ho fatto per te la richiesta di intraprendere la carriera militare.. Insomma figliolo, anche tu andrai a Manhattan.. La seconda buona notizia è che le indagini stanno andando bene e abbiamo trovato il colpevole, o meglio, si è costituito questa mattina.." lo interruppi.. "e chi è questo figlio di..?" il detective mi fermò.."Calmati figliolo.. Faceva parte di un'organizzazione chiamata "Los Diablos Rojos", del quale era un semplice esecutore, un soldato. Pare si sia costituito perché non aveva ucciso tutta la famiglia Scott, come gli avevano ordinato: mancavi proprio tu, figliolo, e quel sicario ha preferito non rischiare di essere trovato ed ucciso dai

suoi capi".. Allora ribattei prontamente: "Ma che c'entra la mia famiglia con questi individui?".. ed il detective ribatté: "Ecco.. Questa è la cattiva notizia. Vedi ragazzo.. Pare che tuo padre avesse contatti con loro..". Incredulo per ciò che avevo sentito, dissi: "Cosa!?! Contatti con loro? Lui?!"
"Esatto, figliolo.. vedi, abbiamo indagato sulla vita di tuo padre.. Ed abbiamo constatato che tre notti a settimana se ne usciva di casa per andare in un locale notturno fuori città che noi della polizia conosciamo bene: infatti andandoci altre volte per qualche indagine abbiamo scoperto che uno dei punti di ritrovo dei Diablos era quello.. Non resto a spiegarti come tuo padre fosse entrato in combutta con loro.. Sarebbe troppo lunga.. Ti basterà sapere che si sentiva spesso telefonicamente con compratori e venditori di cocaina.. perché è questo che i Diablos spacciano..Lui era un intermediario.. Mi dispiace figliolo.. ma abbiamo ragione di pensare che tuo padre sia stato ammazzato per una guerra di droghe.."
"Ma mio padre aveva i turni notturni le sere in cui usciva!!"
"O almeno così diceva a te e a tua madre, figliolo.. Non ti sei mai chiesto come poteva pagare i tuoi studi, con un semplice stipendio da operaio?" Al sentire una simile affermazione, mi sentii il mondo letteralmente crollare addosso. La vergogna per mio padre e la pena per mia madre mi si strinsero al cuore ed all'anima in modo così forte che quasi mi sentii implodere. Per qualche istante, mi sentii così piccolo da non poter nemmeno guardare in viso il detective, seduto di fronte a me.
Non volendo sentire nient'altro, domandai, giusto per cambiare argomento "Quando partirò per l'addestramento militare?". Il detective mi rispose prontamente: "Tra due giorni dovrai essere pronto..". La sua prontezza nel rispondermi era un chiaro segno del fatto che aveva capito che non vedevo l'ora di uscirmene dal suo ufficio, per andare altrove. L'odio e la rabbia avevano preso il sopravvento sulla sofferenza. In un attimo, come se quanto mi aveva detto il detective su mio padre non contasse

nulla per me, risposi: "Ho capito.. Senta, detective, se lei mi desse il permesso di tornare a casa e prendere almeno le mie cose, mi farebbe un grosso favore.." "Ma certamente giovanotto.."... "La ringrazio..". Salutai cortesemente Johnson e uscii dal suo ufficio (finalmente!); scesi i due piani di scale che prima avevo percorso salendo.. In un paio di minuti mi trovai fuori dal dipartimento.. Decisi di tornare a piedi fino a casa: dopotutto, era lontana solamente un chilometro da dove mi trovavo, e prendere un taxi sarebbe stato uno spreco di soldi, che stavano diminuendo, pur essendo già pochi.
Mentre camminavo, ripensai a ciò che mi aveva detto il detective qualche minuto prima riguardo alle indagini sulla vita di mio padre.. Le sue parole ricominciarono a vagare nella mia mente, come una nube che, spinta dal vento, si sposta da una parte all'altra del cielo.. Non sapevo più cosa pensare: credevo di conoscere mio padre meglio di chiunque altro eccetto mia madre, e invece non lo conoscevo affatto.. Non avrei mai pensato che lui fosse un intermediario tra spacciatori e compratori di cocaina.. Non sarei mai tornato in quella casa, se non fosse stato perché dovevo preparare le valigie e avevo lasciato lì tutti i miei averi, escludendo, ovviamente il cellulare e il portafoglio.. Pensando a tutte queste cose, mi trovai davanti al cancello di casa mia, quasi senza accorgermene. Entrai nel cortile, e avanzai fino ad arrivare alla porta: con le chiavi, che tenevo in tasca da ben due giorni, la aprii ed entrai; provai un senso di orrore: ero ancora sconvolto per quello che avevo passato e la sola idea di essere entrato in casa mi faceva venire il ribrezzo.. Ad ogni modo, salii le scale per accedere al reparto notte e andai in camera mia: il letto era ancora disfatto da quella tragica mattina di due giorni fa.. Aprii il mio guardaroba, presi i vestiti e, dopo aver preso anche le valigie, ve li infilai dentro talmente rapidamente, che sembrava volessi nasconderli.
Uscii dalla mia stanza e scesi le scale, per poi arrivare all'uscio

della mia abitazione: tornai fuori e chiamai il detective: "Qui detective Johnson, polizia di Miami".. "Detective, sono Scott; ho recuperato le mie cose.." "Molto bene figliolo".. tacqui per qualche istante, poi ribattei: "Mi scusi detective.. Ma.. Sarebbe un problema se questa notte venissi a casa sua?.. "Ma certo che no, giovanotto... Puoi presentarti da me quando vuoi..".. "Va bene, detective.. La ringrazio.. A stasera allora.." risposi e riagganciai..
Guardai l'orologio e vidi che si erano già le sei di sera: quindi, decisi di recarmi subito a casa Johnson.. Mi ricordai la via in cui abitava il detective.. "1st May Street 32" dicevo tra me e me.. Ripercorsi la stessa strada di due ore fa, ma al contrario.. Poi camminai verso "1st May Street".. Una volta trovata casa Johnson, mi fermai e suonai il campanello.. dopo qualche istante rispose la moglie del detective dal citofono.. "Chi è?" "Sono Andrew Scott, signora.. cercavo un alloggio e suo marito mi aveva detto che sarei potuto venire qui.." "Ma certo ragazzo.. Aspetta un secondo, ora vengo ad aprirti..".. attesi.. Dopo qualche minuto arrivo uscì dalla porta di casa una signora di colore, bassa di statura, e snella di corporatura.. Come il marito, anche la signora Johnson portava un paio di occhiali da vista.. Non appena apparve, la signora mi salutò cortesemente e mi invitò ad entrare in casa.. Io, le accennai un sorriso di gratitudine, e mi avvicinai all'ingresso dell'abitazione, ma non ebbi il tempo di entrare che un cane mi saltò addosso e cominciò a farmi le feste.. "Oh mio Dio, via Kobe, via, via!! Vai via subito e lascia stare Andrew.. Oh ti prego di non badarci.. Fa così con tutti.." mi disse la signora, visibilmente imbarazzata.. "Non si preoccupi, a me piacciono i cani" ribattei sorridendo.. "Prego, giovanotto, accomodati.. Ti preparo subito un tè..." mi disse lei, e poi sparì in cucina per qualche minuto.. Quando ritornò, teneva in mano un vassoio di metallo con sopra una tazza di tè.. "Mio marito mi aveva detto che saresti arrivato qui..".. "Lo so, lo immaginavo" risposi

sorridendo.. "Mi dispiace davvero tanto per ciò che hai passato mio caro ragazzo.. So cosa provi..".. A queste parole scossi la testa, e le chiesi: "Di cosa sta parlando?"..Il suo sguardo si fece più serio.. "Anch'io ho perso i miei genitori quando avevo sedici anni.. A quel tempo, non c'era integrazione razziale in America.. Bianchi, neri, ispanici e asiatici si sparavano addosso l'uno contro l'altro.. Negli anni '50 vivevo a New York; i miei genitori furono pugnalati da due ispanici, in una sera d'estate.. Io fui data ad un centro di accoglienza e vi rimasi per due anni.. A diciott'anni decisi di trasferirmi qui, dove incontrai mio marito.. Ora la mia vita è cambiata, ma nutro ancora un senso di vendetta che mi brucia dentro.. "La capisco, signora..", risposi.. poi continuai.. "Anch'io ora come ora vorrei vendetta per mio padre, oltre che giustizia, ma mi rendo conto di non avere alcun modo per vendicarlo..".. La signora tacque per qualche istante.. Poi, tanto per cambiare discorso, mi disse sorridendo.."Dai giovanotto, bevi quel tè, altrimenti si raffredderà".. Io annuii e bevvi avidamente.. Il tè era ancora tiepido, ed era molto dolce: mi ricordava tanto quello che preparava mia madre..

Ad un tratto si sentì suonare il campanello: "Oh, deve essere mio marito; aspetta, vado a vedere" mi disse la signora Johnson.. Io attesi per qualche istante, fino a che non vidi rientrare in casa sia lei che il detective.. "Ehi come andiamo, ragazzo?" mi disse il detective.. " Tutto bene, o quasi, grazie.. La ringrazio ancora per l'ospitalità, detective".. "E' un piacere per me, figliolo.." .. tacqui un attimo.. Poi posi a Johnson una domanda che non avrei mai fatto, se non avessi provato quel senso di vendetta che da due giorni mi rodeva l'anima.. " Scusi, detective.. Le posso parlare un attimo? In privato?..Vorrei sapere alcune cose.." .. " Certamente, ma non prima di aver cenato: sono quasi le sette di sera.." mi rispose il detective sorridente.. "Vado subito a preparare la cena.." disse la signora Johnson.. Nel frattempo il detective ed io apparecchiammo la

tavola.. Dopo una decina di minuti la cena fu servita: pollo e patate al forno: erano talmente buoni che ne presi una doppia porzione, e la divorai senza fare tanti complimenti.. Sembrava quasi che non mangiassi da un mese..
Dopo cena, la signora Johnson lasciò me e il detective da soli..
"Dunque, ragazzo.. di cosa mi volevi parlare?"
"Ecco, signore.. volevo sapere tutto sui Diablos Rojos.."
"I Diablos Rojos? E perché mai?" mi chiese il detective..
"Signore, glielo dico in confidenza.. Io nutro una forte voglia di vendetta.. Voglio vendicare la mia famiglia.. Anche per questo ho voluto accedere alla carriera militare.."
"Ma... Come puoi pensare di sgominare da solo un'intera organizzazione, figliolo?!"
"Non lo so.. Ma sento che la mia rabbia è più forte delle loro armi.. La prego.. mi dica tutto quel che sa su di loro.. Dopo che avrò ricevuto l'addestramento opportuno, sarò in grado di fare qualsiasi cosa.."
"E va bene.. Abbiamo indagato molto sui Diablos Rojos.. Sono messicani.. Spacciano cocaina qui a Miami, ma non è detto che non vendano altri tipi di droga in giro per l'America.. Sappiamo che il loro capo è un certo Juan Lucero Morales, alias "El Lobo", ovvero "Il lupo"; non lo si è mai visto da queste parti, ma, attraverso accurate indagini in collaborazione con la polizia di Manhattan e con le autorità messicane abbiamo ragione di pensare che possieda una villa nei pressi di New York, nella quale non viene quasi mai, e una casa a in Messico.. Per trovarlo dovrai guadagnarti la sua fiducia.. L'uomo che abbiamo preso ci ha detto di non averlo nemmeno conosciuto di persona e di essere stato reclutato da altri suoi sottoposti. Lui, quindi prendeva ordini da altri uomini.. uomini che pensiamo essere i "pesci piccoli", ecco.. Ci ha detto solo di aver sentito descrivere Lucero Morales come un uomo sospettoso e diffidente.."
"Ho capito, detective.. quindi, per sgominare lui e la sua

organizzazione dovrò guadagnarmi la sua fiducia.. Beh.. intanto penserò a ricevere l'addestramento opportuno: penserò solamente a quelle dure tredici settimane.."

"A proposito, figliolo.. C'era una cosa di cui ti volevo parlare.. Si tratta di una scelta che devi fare.." mi disse il detective..

"Quale scelta?" ribattei.. " Vedi, puoi scegliere tra diversi tipi di addestramento.. Ho annotato tutto su un foglio.. Ora te lo do.." .. e tirandolo fuori dalla tasca lo aprì e me lo porse, cosi che potessi leggerne il contenuto.. "Personalmente, figliolo, ti consiglio di scegliere quello di "Infiltrazione".. Credo sia il più adatto per te.. Se vuoi vendicare la tua famiglia, come ti ho detto prima, devi saperti introdurre nel giro di Lucero senza farti scoprire.. Ricordati che se vieni beccato sei finito, ragazzo..". "Lo terrò bene a mente.." risposi io, e lui ribatté: "Intanto pensa solamente a quelle lunghe tredici settimane.."

Passai due giorni in casa Johnson, pensando ai miei genitori tra momenti di gioco e svago: io e la signora Johnson, che era una casalinga, giocavamo spesso a carte e portavamo a passeggiare il cane, Kobe, che amava farmi le feste e giocherellare con me, malgrado la signora Johnson gli ordinasse continuamente di lasciarmi in pace e mettersi tranquillo.

E infine arrivò il momento di partire.. Una volta salutati i signori Johnson, raggiunsi con un taxi l'aeroporto di Miami, sulla cui pista d'atterraggio, però, mi aspettava un bus che sarebbe partito alle nove in punto del 23 giugno 2003.

2. IL MOMENTO DI DIVENTARE UN SOLDATO

Alle nove meno cinque ero salito sul bus.. Mi guardai intorno e vidi tanti ragazzi come me, seduti ognuno al loro posto.. Non so che motivi avessero loro per voler intraprendere la carriera militare.. Ma io avevo le mie ragioni, e volevo assolutamente vendicare i miei genitori, perché non solo mio padre era stato ammazzato, ma anche mia madre; nonostante mio padre fosse un criminale, era sempre mio padre, mi aveva cresciuto, e non mi aveva fatto mancar niente durante la vita; e di mia madre? Avrei forse potuto dire che non era stata una brava mamma?! No.. Perché ero convinto che se solo avessi pensato una cosa del genere, un qualche Dio da lassù mi avrebbe sputato in faccia dall'indignazione, anche se per quel che mi riguardava (e che mi riguarda ancora) non esiste un vero Dio in cui credere, dato che prima di crederci davvero bisogna fare i conti col il mondo che c'è qui..
Il viaggio durò circa dodici ore, che sembravano non terminare mai.. In questo lasso di tempo ebbi la possibilità di conversare con il mio vicino di posto, David Donovan: aveva la mia stessa età, era un tipo piuttosto alto e robusto.. Aveva frequentato, come me, il College a Miami, ma non facendo parte della mia classe, lo conoscevo solamente di vista.. Evidentemente lui mi riconobbe, infatti appena mi misi vicino a lui mi salutò sorridendo..
"Anche tu qui, eh?" mi disse con tono ironico..
"Eh, si.." risposi io, non menzionando il motivo per cui mi trovavo in quel bus..
"A proposito.. Ho sentito quel che ti è successo.. Non ti ho più visto in giro dopo la scuola, ma mi ero promesso che ti avrei fatto le mie più sentite condoglianze la prima volta che ti avrei trovato.. e quindi.. Condoglianze.. Da me e dalla mia famiglia"
"Vi ringrazio molto.." risposi ostentando un lieve sorriso..
Poi gli chiesi: "Perché hai fatto questa scelta?"

"Beh.. io ho avuto un brutto passato.. Mio padre era un bastardo: quando ero bambino, ricordo che picchiava spesso mia madre.. Non so per quale motivo, ma lo faceva.. Io mi nascondevo in camera mia e ascoltavo le urla disperate di mamma; vivevamo a New York.. Ma a dieci anni decisi che non volevo più vedere la mia famiglia.. Ero stanco di vivere così: una notte, mentre i miei dormivano mi svegliai e rubai il portafoglio di mio padre, estraendone tutti i soldi che vi trovai.. Uscii dalla porta di casa.. E non vi feci mai più ritorno.."
"Dove andasti??"
" Ti posso dire che presi molti bus.. e arrivai fino a Miami.. Lì fui trovato da una famiglia che mi accolse e mi allevò come fossi figlio loro.."
"Ma i tuoi genitori veri? Loro non ti cercarono mai?"
"Io non lo so.. Non l'ho mai saputo.. Ma ad ogni modo, ora ho una nuova vita, che non avrei mai avuto se non fossi scappato da casa dieci anni fa, quindi non mi interessa nemmeno.."
"E..Quindi il tuo vero cognome non sarebbe Donovan.. Dico bene?" Gli chiesi..
"Esatto.. Il mio cognome sarebbe Parker, ma di questo non voglio nemmeno parlare.."
"D'accordo.." gli risposi io..
La storia di David mi aveva toccato, così come quella della signora Johnson.. Ascoltando loro, mi era parso di essere stato l'unico fortunato ad aver vissuto un'infanzia felice..
Dopo un attimo di silenzio David riprese sorprendentemente a parlare.. "Quindi in conclusione..." mi disse.. "Sono qui per riscattare il mio passato.."
A quel punto, essendo parecchio stanco e non sapendo di che altro parlare, dissi.. "Ora mi faccio una dormita..".. poi, accennando un sorriso amaro, continuai.."Senti, amico, se per caso dovessi addormentarmi così profondamente da non svegliarmi neanche al nostro arrivo, dammi una pacca sulla spalla.."

"Oh, certamente.." mi ribatté lui mettendosi a ridere..
Mi addormentai.. Mi risvegliai verso le tre del pomeriggio.. Avevo dormito quattro ore e mi sentivo più riposato.. Eravamo quasi arrivati a destinazione, infatti mancavano ancora una decina di chilometri alla base militare ma eravamo già a Manhattan: la caserma, infatti, era situata qualche chilometro fuori città, probabilmente per garantire la massima concentrazione ai soldati durante le esercitazioni pratiche e gli addestramenti..
Dopo una decina di minuti arrivammo: sul bus salirono immediatamente due ufficiali, i quali ci ordinarono di prendere le nostre valigie rapidamente e di trovarci un ognuno un letto nella caserma; poi, tutti avremmo dovuto presentarci tutti nel cortile e rispondere all'appello.. Poi ci fu data una divisa di rappresentanza, e una da usare durante l'addestramento..
In meno di cinque minuti ci eravamo già tutti sistemati e, dopo aver risposto all'appello, come programmato dagli ufficiali, passammo il resto del pomeriggio a correre e fare esercizi in continuazione, per poi trovarci distrutti, la sera, a non essere quasi in grado di reggerci in piedi..
La notte passò e il giorno dopo cominciammo a fare infinite serie di addominali e flessioni.. Gli ufficiali che ci davano gli ordini ci spronavano continuamente, e riprendevano soprattutto chi, arrivato allo stremo delle forze, demordeva.. "Su, forza giovanotti, non crederete che quando vi manderanno in missione sarà una passeggiata! Ricordatevi che meglio vi eserciterete in queste tredici settimane e più possibilità avrete di salvare la pelle quando sarete mandati in guerra.." .. Questa frase la sentivo spesso.. E devo dire che dopo un po' mi ero letteralmente rotto di sentirla dire.. Io fortunatamente riuscivo a sostenere le fatiche degli addestramenti e non venivo mai ripreso dai superiori, il che mi sembrava strano, visto che non ero mai stato questo gran atleta durante la scuola; questo fatto rappresentava per me uno stimolo in più per andare avanti,

nonostante l'enorme fatica..
Le prime quattro settimane furono, senza alcun dubbio, le più dure.. Infatti, nel nostro gruppo, formato da trentacinque persone, dieci di loro lasciarono la caserma di Manhattan per tornarsene a casa..
 Poi, a mano a mano che i giorni passavano, la ginnastica e la corsa diventavano un'azione di routine, che col trascorrere del tempo ci affaticava sempre meno..
Durante la quinta settimana, iniziammo ad intraprendere un nuovo tipo di addestramento, che consisteva nell'affrontare diversi percorsi a ostacoli, per migliorare la nostra reattività ed agilità.. Durante i primi tentativi, capitò più di una volta che qualcuno si fece male per la foga, ed anche se me ne vergogno, devo confessare che successe anche a me, nonostante trattenessi sempre le smorfie per il dolore e continuassi l'esercitazione, cercando di non farmi notare sofferente dagli ufficiali; ovviamente col trascorrere del tempo, tutti noi riuscimmo a migliorare sempre di più le nostre performance, diventando sempre più abili in ogni tipo di percorso che dovessimo affrontare.. Era tutto molto faticoso, ma devo dire che trovavo gli addestramenti quasi divertenti..
Durante le serate, si scherzava tra compagni e si rideva, si conversava e ci si confrontava, e tutto ciò mi metteva allegria, e spesso mi faceva dimenticare per un po' quel che avevo passato circa tre settimane prima, facendomi sentire più sollevato e tranquillo..
I nostri superiori erano tutti molto severi, ma nessuno di loro lo era quanto il caporale Mackey: era un uomo alto e robusto, sui quarantacinque anni, di carnagione scura.. Portava sempre la divisa, e un paio di occhiali da sole.. era molto rigido e riprendeva sempre chi non si esercitava al meglio, non lasciando passare nemmeno il minimo sgarro. Pretendeva da ognuno di noi la massima serietà e concentrazione durante le esercitazioni, ed ovviamente aveva ragione: un lavoro come il

militare è molto pericoloso e ci si può lasciare la pelle, se non si impara fin da subito a restare concentrati ed essere vigili.
Ben presto, imparammo a sopportare le fatiche e non farci richiamare, tanto da sentirci dire dal caporale che era orgoglioso di noi.
La quinta settimana iniziammo le esercitazioni pratiche.. Per la prima volta dopo ben ventotto giorni uscimmo dalla caserma e ci recammo alla Roosevelt Island, a nord della quale vi era un campo di addestramento riservato alle esercitazioni sul campo.
Il caporale Mackey ci portò al campo personalmente. Una volta arrivati, ci disse, chiamandoci sull'attenti: "Allora giovanotti, oggi vi insegneremo a sparare.. Non vi gasate troppo.. Voi sarete convinti di essere già in grado di prendere la mira e sparare così come se niente fosse.. Beh.. questo non è un videogioco, mi dispiace deludervi.. Quindi se pensate di fare gli sbruffoni, ne pagherete le conseguenze, ve lo assicuro.." .. Poi per un attimo si interruppe, riprendendo a parlare l'istante successivo.. "Allora ragazzi.. Per prima cosa, dovrete ricordare che quando si spara, indipendentemente dall'arma che si usa, le nostre mani devono essere ferme e rigide; quando premerete il grilletto, sentirete un piccolo contraccolpo.. Naturalmente più è grossa l'arma che usate, più il contraccolpo sarà forte, e per questo vi consiglio di tenere il viso lontano dall'arma per le prime volte.. Ora vi piazzerò degli obbiettivi a diverse distanze.. Sarei pronto a scommettere la testa che non li centrerete tutti al primo tentativo.. Ma non vi preoccupate.. Avremo una settimana di tempo per questo tipo di esercitazioni.. Vi darò una pistola a ciascuno.. La terrete accanto mentre non sparate.. Usatela bene, mi raccomando.."
Mackey piazzò il primo obbiettivo a circa dieci metri da noi, e mise gli altri a distanze sempre più lunghe; poi ci ordinò di metterci in fila ed aspettare il nostro turno.. Ovviamente, mentre, ognuno di noi cercava di beccare tutti i sette obbiettivi, gli altri facevano ginnastica, sotto la supervisione del caporale,

che osservava sia chi si esercitava a sparare, sia tutto il resto del gruppo, consigliando e riprendendo continuamente.. Io ero il sesto della fila, e dovetti attendere ben cinque serie di flessioni prima di poter tentare di sparare..
Finalmente arrivò il mio turno: mi misi in posizione, come mi era appena stato insegnato; fissai il primo obbiettivo, che era, come tutti gli altri, un uomo di cartone.. Puntai la pistola dritta alla testa; mi concentrai un attimo, prima di premere il grilletto; la pallottola colpì l'obbiettivo precisamente sul punto in cui avevo mirato.. "Complimenti, figliolo.." mi disse il caporale, facendomi girare di scatto e annuire con la testa.. Mi spostai un po' più verso sinistra, per puntare all'obbiettivo posto a quindici metri di distanza; usai la stessa tecnica di pochi istanti prima, abbassando, però, di qualche centimetro la pistola, per non rischiare di mancarlo: si sa infatti, che più un obbiettivo è lontano, e più piccola sarà la sua sagoma.. Infine sparai.. Questa volta, la pallottola si conficcò nel petto..
Mi stavo preparando per il terzo obbiettivo, quando la vista del caporale che stava annuendo con la testa, con espressione fiera, mi fece perdere per un attimo la concentrazione.. E fui subito ripreso.. "Figliolo, devi pensare a sparare.. Non guardare me, non sono la tua ragazza".. "Sissignore.." risposi con tono pacato.. Una volta spostatomi ancora più a sinistra, mi riposizionai, e dopo aver abbassato ancora la pistola, sparai.. Vidi solamente l'obbiettivo scuotersi, e dedussi che l'avevo sicuramente colpito, anche se non sapevo in che punto..
Usai la stessa tecnica per gli altri quattro obbiettivi rimanenti, centrandone altri due..
Quando finii il mio turno, mi trovai davanti Mackey, il quale si congratulò con me: "Complimenti figliolo, davvero.. Nessuno fino ad ora aveva beccato cinque obbiettivi su sette al primo tentativo..".. Le sue parole mi giovarono molto, tanto da non farmi sentire la fatica durante le serie di flessioni che feci dopo, mentre aspettavo che tutti finissero l'esercitazione con la

pistola.. A fine giornata ci ritrovammo distrutti, così il caporale, notando che qualcuno quasi non si reggeva in piedi, fece chiamare due furgoni dalla caserma di Manhattan, perché venissero a prenderci.. Poi ci disse.. "Oggi siete stati molto bravi ragazzi... Ma domani non avrete più la pistola per sparare.. Bensì il fucile.. Tenetelo bene a mente.. Più l'arma è grossa, più il contraccolpo è forte..".. si interruppe, poi riprese.. "Non è da me ripetere le cose due volte.. Quindi, consideratelo un gesto di pietà..", concluse ostentando un sorriso amaro..
I furgoni arrivarono dopo un quarto d'ora, e ci riportarono a casa.. Mi sedetti di nuovo vicino a David.. "Allora,come è andata?" gli chiesi..
"Beh, non molto bene.. ne ho centrati solamente tre.. E domani dovrò sparare con il fucile.. Spero solamente che vada meglio di oggi..".. mi rispose lui..
"Te lo auguro.. Io invece spero di riuscire a migliorarmi ancora, o per lo meno di ripetermi..”..Ribattei..
"Già.. Beh, ora godiamoci la serata che ci aspetta.. E domani sarà un altro giorno.." concluse David..
"Appunto.. Godiamoci la serata.." ripetei io sorridendo..
In circa un quarto d'ora fummo di ritorno alla caserma, dove una volta rientrati ci lavammo, mangiammo e scherzammo come al solito, prima di andare a dormire..
Durante la notte ebbi un incubo: sognai i miei genitori sgozzati, come li avevo visti la mattina del 21 giugno.. I loro corpi erano affiancati, a destra dalla sagoma nera dello spacciatore che li aveva uccisi, e a sinistra da una persona il cui volto era a me ignoto.. E poi c'ero io, con una pistola puntata alla testa della persona sconosciuta.. Ma non potevo sparare.. Non so cosa mi bloccava.. Mi svegliai subito, ansimando.. Poi mi resi conto che lo sconosciuto del sogno poteva essere Lucero Morales.. Sbarrai gli occhi, spaventato: era come se il mio desidero di vendetta si stesse pian piano spegnendo, facendomi perdere coraggio e determinazione; mi porsi una miriade di domande:

forse avevo sognato il mio destino? Perché non ho sparato? Cosa mi bloccava?.. Non sapevo darmi una risposta a nessuna di esse, ma dopo quell'incubo, mi riaddormentai, cercando di dimenticarmi di tutto..
Alle sette del mattino ci svegliammo e, dopo aver mangiato qualcosa, ci recammo tutti al cortile della caserma..Ci mettemmo tutti in riga e salutammo il caporale Mackey, il quale ci ricambiò il saluto.. Quando fummo tutti pronti, partimmo correndo per recarci di nuovo al campo di Roosevelt Island.. Impiegammo circa un quarto d'ora per arrivare a destinazione.. Una volta giunti alla caserma, il caporale Mackey diede a ciascuno di noi un fucile dotato di mirino.. "Oggi il compito sarà più difficile, figlioli.. Dovrete centrare i bersagli che piazzerò da posizioni diverse: come avrete potuto notare, ieri l'obbiettivo era posto in posizione frontale rispetto a voi, ma questa volta salirete sul tetto della caserma per beccarlo; tenete bene a mente che questo tipo di esercitazione serve a prendere la mira nel modo più preciso ed efficace possibile, per diventare dei veri cecchini.. Ricordate anche di non prendere male la mira: mentre siete in caserma non vi succederebbe niente, ma quando vi troverete in guerra un colpo sparato alla cieca allarmerebbe di certo il nemico.. Mi sembra di avervi detto tutto.. E spero di essere stato abbastanza chiaro.. Bene, possiamo cominciare.. Salire sul tetto, velocemente giovanotti.. Ci sono delle scalinate su ogni muro esterno della caserma.. Usate quelle.. " .. Ci avviammo verso le scalinate e salimmo.. Una volta arrivati sul tetto ci preparammo per sparare.. Come il giorno prima, ognuno di noi avrebbe sparato da solo, mentre gli altri, invece di fare flessioni, si sarebbe solamente limitato ad osservare, attendendo la fine di ogni turno, ed aspettando il proprio.. Decisi di tirare al bersaglio per ultimo: infatti, volevo prima vedere la tecnica che avrebbero usato i miei compagni, per constatare quale fosse la migliore e provare ad imitarla.

Passarono circa due ore, in cui osservai in quale modo sparasse ogni mio compagno, senza però trovare una tecnica che funzionasse meglio delle altre: alla fine venne il mio turno..Decisi di mettermi sdraiato alla meglio, ed una volta imbracciato il fucile, appoggiai l'occhio al mirino, puntando verso il primo bersaglio: ad un certo punto però mi ricordai del contraccolpo: infatti, avendo in mano un fucile di precisione, esso sarebbe stato più forte, e quindi constatai che sarebbe stato meglio tenere l'arma più stretta possibile..
Mi misi in posizione e feci partire un colpo.. Il proiettile bucò la testa del bersaglio, proprio come era accaduto il giorno prima.. Mi sembrò per un attimo di averlo rivissuto e in cuor mio sorrisi.. Ripresi la concentrazione, per mirare verso il secondo obbiettivo; puntai un po' più verso sinistra e sparai, colpendo - non so dove – il bersaglio.. Usai il medesimo metodo per colpire tutti gli obbiettivi... E ne mancai tre... Quindi scesi dal tetto dell'edificio e conclusi la mia esercitazione.
Attendemmo circa un quarto d'ora, dopo di che arrivarono due furgoncini a prenderci e ci riportarono in quella caserma che ormai era diventata la nostra casa, e in cui i nostri compagni erano anche la nostra famiglia.. Ogni nostro compagno e futuro commilitone era come un fratello per noi, e qui, in caserma, non esistevano differenze e favoritismi nei confronti di nessuno: bianco o nero, non importava: quel che più era importante era servire il proprio Paese, gli Stati Uniti d'America. Non impiegammo molto tempo a capire che ciò che puoi vedere per strada (o nei film), le risse tra gruppi etnici, le sparatorie tra gang nei quartieri più malfamati, tutto ciò che non avrebbe mai contribuito alla creazione di uno Stato unito, erano cose che dovevano essere combattute, e lo dovevano essere a partire da noi soldati, perché, si sa, nel momento in cui decidi di servire la tua patria, non lo fai per te stesso, ma per tutti coloro che nel tuo Paese ci vivono e ci lavorano

onestamente, e per tutta la brava gente che apprezza il tuo lavoro e ti ammira per il coraggio dimostrato nel compiere una scelta che potrebbe costarti la vita; e ovviamente tra tutte queste persone ci sono (o così dovrebbe essere) i tuoi cari, la famiglia, che purtroppo a me era stata portata via, una ragazza, i tuoi amici: ora che ci penso, se qualcuno mi chiedesse il motivo per cui ho scelto la carriera militare, e sapesse cosa era successo ai miei genitori, non credo che risponderei che ho voluto fare il soldato solamente per vendetta, ma anche per farmi apprezzare da tutti coloro che mi stavano attorno, per essere utile al mio Paese: credo che tutto questo orgoglio, anche se era solo una piccola fiamma, c'entri parecchio nella mia scelta.

Molto probabilmente, anche il detective Johnson l'aveva letta dentro di me, questa piccola fiamma d'orgoglio americano, che pian piano, ingrandendosi, mi avrebbe avviato sempre più verso il campo di battaglia, a combattere per il bene della collettività; e forse questo fu anche uno dei motivi principali per cui decise di aiutarmi.

Anche questa giornata di duro lavoro era finita e, stremati per la fatica, ce ne andammo a dormire dopo aver cenato. Il caporale Mackey, prima di congedarsi da noi, ci disse che l'indomani avremmo sparato ancora con il fucile, con la speranza di vedere dei risultati migliori: infatti non sembrava molto soddisfatto, ma penso che nello stesso tempo comprendesse la nostra incapacità di sparare con armi di grosso calibro; dopotutto, era la prima volta che toccavamo un fucile di precisione, ed essere precisi alla prima occasione era pressoché impossibile; credo che nessuno fosse soddisfatto del proprio risultato, o almeno, io non lo ero, pur essendo stato uno dei migliori. Passò la notte e arrivarono, come ogni giorno, le sette del mattino. Mi svegliai e con i miei compagni mi diressi a fare colazione, dopodiché tutti ci preparammo per tornare a Roosevelt Island. Uscimmo nel cortile della caserma, dove ci

aspettava il caporale Mackey, già in piedi, come al solito. Questa volta ci fu dato il buongiorno, ma non ci venne detto altro. Con i furgoncini ci recammo al campo di Roosevelt Island, dove eseguimmo più turni d'esercitazione con il fucile; solo dopo più di qualche ora riuscimmo a migliorare la nostra mira e la nostra efficacia con quest'arma. Io, solo dopo diversi tentativi, avevo centrato tutti gli obbiettivi e, come il caporale Mackey, ero contento e molto soddisfatto, nonostante la fatica.
David, invece, si trovava in difficoltà, e veniva spesso ripreso per i modi goffi in cui sparava: infatti, ogni volta che lo vedevo premere il grilletto, potevo leggere nei suoi occhi una sensazione di paura, come se immaginasse davanti a lui un nemico, rappresentato in questo caso dall'obbiettivo di metallo, che stava per spargli con un'arma più potente di quella che aveva lui. Mi dispiaceva per David, dopotutto era diventato un mio grande amico con il passare dei giorni e delle settimane, e temevo che sarebbe stato costretto a lasciare l'accademia, perché non ritenuto abbastanza pronto a fare il soldato; conoscendolo, credo che se lo avessero obbligato a lasciare la carriera militare si sarebbe suicidato: lui teneva molto a riscattare il suo passato, e diceva sempre che per lui, l'unica maniera per poterlo davvero fare, era quella di diventare un bravo soldato. Ogni rimprovero subito, rappresentava per David ognuno di quei colpi che suo padre assestava a sua madre, quando lui aveva ancora dieci anni.
Anche la quinta settimana trascorse, tra un'esercitazione e l'altra. Ovviamente non mi soffermo a menzionare tutti i tipi di armi usate per sparare, perché se dovessi farlo credo che dovrei scrivere un altro libro.
La sesta e la settima furono due settimane in cui studiammo delle situazioni che avremmo potuto trovare quando saremmo dovuti partire per la guerra, come imboscate, rappresaglie, soccorsi e salvataggi, operazioni sotto copertura (in cui io decisi di specializzarmi) e altro.

Dopo la quarta settimana avevamo saputo che la nostra prima missione sarebbe stata in Messico, dove si stava combattendo una sanguinosa guerra tra i cartelli della droga per il controllo di tutto il territorio messicano; appresa la notizia, chiedemmo al caporale Mackey che cosa servisse voler andare a placare una guerra che non coinvolgeva il nostro Paese: il caporale ci spiegò che in realtà anche gli Stati Uniti d'America erano coinvolti in questa guerra, perché la guerriglia messicana aveva raggiunto il sud del Texas, provocando centinaia di vittime americane innocenti, tra cui donne e bambini. La violenza dei cartelli, purtroppo, diventava sempre meno controllabile, tanto che la polizia texana era stata letteralmente sbaragliata, e addirittura alcuni membri dei distretti di confine si erano uniti ai guerriglieri per scampare all'uccisione. La situazione era drammatica, e il governo americano aveva deciso di far entrare in campo l'esercito entro due mesi, per bloccare la guerriglia prima che si addentrasse troppo nel nostro Paese. I cartelli che si contendevano il monopolio del contrabbando della droga e dei clandestini erano quattro: Los Zetas, Sinaloa, il cartello di Juárez e quello dei Diablos Rojos. Stava diventando sempre più una guerra di confine, e se l'esercito non fosse intervenuto quanto prima, questa situazione si sarebbe trasformata ben presto in una guerra tra cartelli messicani e Stati Uniti d'America: infatti, se in questa contesa tra organizzazioni criminali ci fosse stato un vincitore, molto probabilmente, nel giro di poco tempo, i cartelli sconfitti si sarebbero alleati al più forte per non essere scacciati dal territorio messicano, e il contrabbando di stupefacenti e di clandestini sarebbe aumentato in maniera smisurata, raggiungendo livelli altissimi anche in America.

Non appena sentii nominare l'organizzazione de "Los Diabols Rojos" mi ricordai che questo nome non mi era nuovo: infatti il detective Johnson me li aveva già nominati; subito ebbi una sensazione di rabbia e di rancore verso coloro che avevano

ucciso i miei genitori, tanto che, mentre il caporale Mackey ci spiegava tutta la situazione nei minimi dettagli, ci mancò poco che scattassi in piedi dal posto su cui ero seduto e ribaltassi il tavolo dalla furia. Fortunatamente riuscii a controllarmi e, dopo aver appreso tutto ciò che era stato detto, me ne andai a letto.
Questo però, è solamente il ricordo di un episodio accaduto durante la quarta settimana, ed è giunto il momento di ritornare a raccontare del proseguo degli addestramenti. Inutile dire che man mano che i giorni passavano, il momento di partire per la guerra si avvicinava, e grazie al caporale Mackey e ai nostri superiori che lo affiancavano, ognuno di noi si stava trasformando in un vero soldato. Questa consapevolezza alleviava in me ogni preoccupazione di morire o essere ferito durante gli scontri a fuoco a cui avrei dovuto far fronte insieme ai miei commilitoni.
Le ultime sei settimane furono caratterizzate ancora da preparazioni di tipo fisico e atletico (percorsi ad ostacoli e ginnastica in particolare) e da un nuovo tipo di esercitazione che non conoscevamo: si chiamava "CE (Control Emotion) training", dicasi anche "addestramento in CE": si trattava di un'esercitazione che consisteva nell'abilitare un soldato a controllare le sue emozioni durante la guerra, per salvaguardare la sua lucidità anche nelle situazioni più difficili, e renderlo capace di superarle con tranquillità.
Nel campo di addestramento di Roosevelt Island c'erano due edifici, nei quali, però, non eravamo mai entrati, poiché li avevamo sempre usati per sparare dal tetto.
Quando entrammo, divisi in due gruppi, all'interno dei due edifici, fummo travolti dal buio e da un'immagine in 3D di un soldato che ci puntava un fucile AK-47. Restammo sbalorditi per quanto avevamo visto; nel giro di pochi secondi, però, i soldati diventarono una quarantina: restavano tutti nella stessa posizione, col fucile puntato verso di noi, quasi fossero pronti a spararci addosso. Dopo un paio di minuti arrivarono due nostri

superiori, i quali ci spiegarono che il nostro compito in questa esercitazione era quello di sparare contro le immagini dei soldati prima che loro ci colpissero: se fossimo stati colpiti dal proiettile immaginario, avremmo sentito una scossa che avrebbe trasmesso in noi una sensazione di dolore, uguale a quello che avremmo provato se fossimo stati feriti in un reale scontro a fuoco: la guerra veniva trasformata in un videogioco.
Mentre ognuno di noi si concentrava al meglio, gli ufficiali che ci avevano spiegato il funzionamento dell'esercitazione passarono in uno stanzino provvisto di microfono e macchinari per comandare i soldati; ci avrebbero comunicato quando la "guerra-videogioco" sarebbe iniziata, dando il via all'esercitazione.
Il via venne dato: iniziammo a sparare verso le immagini, che facevano altrettanto verso di noi. Più di qualcuno cadde dopo essere stato colpito una o due volte; era evidente che la scossa ricevuta aveva provocato loro una dolore tremendo, perché cadendo avevano cacciato delle grida che avevano più del bestiale che dell'umano. Mentre riflettevo sul loro supplizio fui colpito anch'io tre volte di seguito, e mi resi conto che le urla dei miei compagni erano più che giustificate, anche per la paura che il fatto di essere stati "feriti" ci trasmetteva. Dopo due ore di addestramento ci fermammo per una pausa: eravamo tutti spaventati come degli agnellini alla vista del lupo.
Dall'altro stanzino arrivarono gli ufficiali, i quali cercarono di tranquillizzarci, spiegandoci che, nonostante fosse la prima volta che entravamo in una stanza di CE training, ce la stavamo cavando molto bene, e che in una settimana saremmo diventati molto più abili in questo tipo di esercitazione.
L'addestramento riprese per il resto della giornata, con brevi intervalli ogni due ore: devo dire che nel giro di poco tempo imparai a destreggiarmi sempre meglio nelle sparatorie, e a non farmi colpire. Tutto questo, però, ci impauriva: eravamo resi nervosi dalla presenza di quelle sagome che se avessero potuto

ci avrebbero ammazzati uno ad uno, senza pietà. O meglio, più che da quelle sagome, eravamo impauriti dal fatto che la guerra potesse essere davvero una continua sparatoria, senza interruzioni e tregue.

Personalmente, però, se c'era una cosa che mi terrorizzava davvero, quella era l'ipotesi di essere colpito mortalmente: infatti, durante l'esercitazione, più di qualche mio compagno era stato colpito in fronte, ma a parte una forte scossa, così come accadeva a tutte le parti del corpo colpite, non aveva avuto conseguenze; tuttavia, ogni volta che vedevo cose simili, pur rendendomi conto che si trattava di una simulazione, mi veniva da pensare (nei pochi attimi che avevo per farlo, ovviamente) "E se fosse stato vero?"; questa era la domanda che mi correva da una parte all'altra della testa, e che poi usciva subito dalla mia mente, sempre che facesse a tempo a restarvi per qualche secondo, ovviamente.

Arrivammo alla fine anche di questa giornata, e come da routine due furgoncini militari ci riportarono alla base, dove passammo il resto della serata.

Durante la notte ebbi un nuovo sogno: mi ritrovavo nella stessa situazione di quel giorno in cui erano stati ammazzati i miei genitori; io stavo guardando i loro volti, senza poter fare nulla; mi sembrò di sentire la voce di un uomo latino americano alle mie spalle; mi voltai e vidi la sagoma di un uomo dal volto ignoto; a quel punto sognai di prendere una pistola e sparare; da dove venisse quella pistola non lo so, ma nel sogno la tenevo in mano, proprio come l'avrei tenuta durante un'esercitazione.

All'improvviso mi svegliai, e subito mi venne in mente il sogno che avevo fatto una o due settimane prima, in cui, trovandomi nella stessa situazione (anche se, sempre di un sogno si trattava) non avevo sparato.

Questo mosse in me tutta una serie di domande e riflessioni: come mai non avevo sparato prima ed ora si? Se prima

qualcosa mi bloccava a premere il grilletto, ora cosa mi spingeva a farlo? Era forse un segno del destino? O meglio: i due sogni erano collegati tra loro? Tutte queste domande mi balenarono in testa come una tempesta che arriva senza preavviso, coprendo il cielo che prima era sereno.
Ancora una volta non fui capace di dare una risposta precisa a questi quesiti, ma dentro di me provai a dare un'interpretazione di questo "sogno ricorrente", se così possiamo chiamarlo: pensai che durante il primo sogno non avevo sparato in quanto non ero ancora pronto per farlo, mentre ora che ero stato ben addestrato sarei stato capace di premere il grilletto e colpire quella sagoma dal volto sconosciuto.
Ad un certo punto mi venne in mente anche una riflessione che mi fece persino ridere; infatti pensavo: "Beh, nel primo sogno non ho sparato a quell'uomo, nel secondo l'ho ucciso, vuoi vedere che tra tre settimane (non so perché proprio tre, mi misi a ridere, come ho detto) mi capita un altro sogno in cui vedo l'uomo vero che ha fatto uccidere i miei genitori, al posto della sua sagoma? Almeno le cose diventano più facili!
Questa riflessione ironica fu l'ultima della notte: dopo pochi minuti ripresi a dormire fino all'ora di svegliarmi insieme a tutti i miei compagni, pronto ad iniziare un'altra giornata di addestramento.
Così trascorsi, con i miei commilitoni (compreso David, che col tempo era molto migliorato) le ultime sei settimane: tra addestramenti di vario tipo e serate passate a scherzare tutti assieme e ridere come pazzi.
Non resto qui a raccontare nei particolari questo mese e mezzo di esercitazioni e di rimproveri del caporale Mackey, anche perché credo che ci vorrebbe una vita. Quello che posso dire è che Roosevelt Island e la Caserma di Manhattan erano diventate due case per me, e non solo perché ci tornavo ogni giorno: con me c'erano sempre i miei futuri commilitoni, pronti a rischiare la vita per me come io lo ero per loro, ed il fatto di

essere uniti ci dava la forza per continuare assiduamente ad addestrarci, anche quando le fatiche ci facevano maledire il giorno in cui avevamo scelto di diventare soldati.
Una cosa importante (io direi la più importante) di questo periodo, fu il completamento della mia specializzazione nelle operazioni sotto copertura: ovviamente il mio obbiettivo sarebbe stato infiltrarmi in una delle organizzazioni messicane che si stavano combattendo tra di loro, ed arrivare ad ottenere più informazioni possibili per fermarle (con l'aiuto di altri uomini, naturalmente).
Da un lato avevo paura di essere scoperto, ma dall'altro ero sicuro di me stesso e delle mie capacità, e quindi fiducioso.
Arrivò il grande giorno: preparai le mie valigie alla meglio, e mi fu assegnata una divisa. Il caporale ci augurò una buona missione, e noi lo salutammo calorosamente, grati per ciò che aveva fatto per noi.
Dopo un'ora di attesa arrivarono quattro elicotteri militari, su cui salimmo, pronti per la nostra prima missione.
Non vedemmo mai più Manhattan e Roosevelt Island.

3. L'INFERNO IN TEXAS

Eravamo tutti molto agitati: se da un lato provavamo entusiasmo per la nostra prima missione, dall'altro ci rendevamo conto del pericolo a cui essa poteva portare, e questa volta la guerra non era più un videogioco.
Nonostante ciò, però, vivevamo la nostra irrequietezza nel modo più pacato e razionale possibile: sapevamo bene, nonostante non avessimo avuto ancora esperienza sul campo, che la paura eccessiva in guerra è una cattiva consigliera, e se ti fai prendere dal panico, sei spacciato, oltre a poter essere pericoloso anche per i tuoi commilitoni.
Gli elicotteri non viaggiavano molto velocemente, e per questo impiegammo tre ore abbondanti per raggiungere il Texas.
In questo lasso di tempo, né troppo breve, né troppo lungo per prepararsi psicologicamente ad una missione, ripassammo ognuno quelli che sarebbero stati i nostri compiti all'interno dell'operazione militare: la concentrazione era massima, ed il silenzio tombale; l'unico rumore udibile era quello dei motori dell'elicottero, che pian piano si stava avvicinando al luogo in cui noi, nuovi soldati dell'accademia di Manhattan, avremmo compiuto la nostra prima missione: avremmo sparato le nostre prime pallottole, forse ucciso degli uomini, forse feriti; o più semplicemente, forse saremmo stati noi quelli che morivano sotto il fuoco nemico.
Tutti questi pensieri mi ronzavano in testa così intensamente che per qualche istante non mi fecero udire il rumore dell'elicottero in volo: sembravano essere un'onda anomala all'interno della mia mente, che spazza via tutto ciò che non riguarda la missione, la guerra, e le sparatorie.
Mi ripresi: la nostra trasferta stava per terminare. La prima domanda che mi feci fu: "Allora ci siamo: è l'inizio, o l'inizio della fine?"; Nel frattempo l'elicottero atterrò in una base sicura ad un paio di chilometri dal confine, costruita precedentemente

da coloro a cui ci saremmo uniti in questa battaglia contro i cartelli della droga: la chiamavamo "Snow-operation", l'operazione della neve. È vero, non veniva spacciata solo droga in polvere, ma questo era il modo più veloce per denominare la missione.
Io e la mia squadra, subito dopo essere scesi a terra, fummo chiamati in una tenda in cui ci attendeva un esperto sergente: James Mason, accompagnato dal sergente maggiore Carl Wislow; io fui il primo ad essere chiamato a rapporto, e prontamente mi misi sull'attenti, davanti ai due ufficiali.
Dopo aver parlato di quello che sarebbe stato il mio compito nella missione, che come ricordo, era quello di infiltrarmi all'interno delle bande nemiche per portare importanti informazioni ai miei compagni, gli ufficiali chiamarono dentro la tenda colui che sarebbe stato il mio aiutante: Carlos Villanueva, un militare infiltrato tra le bande affiliate proprio al cartello dei Diablos Rojos: veniva da Los Angeles, era un tipo alto e fisicamente robusto, tanto che non appena lo vidi mi domandai quanti anni di addestramenti e servizio militare aveva fatto per diventare così muscoloso.
Dopo una breve conversazione, che ricalcò quella precedente, gli ufficiali ci mandarono fuori dalla tenda, in modo da poter avere un momento per parlare nei minimi dettagli del modo in cui avremmo dovuto comportarci con i messicani: "Sono tipi molto pericolosi se li innervosisci. E sono anche molto sospettosi: alla minima affermazione storta, scoprono il motivo per cui ti trovi tra di loro." mi disse Carlos. Io ribattei prontamente: "Da quanto ci sei dentro?" "Ho perso il conto ormai" mi disse. Poi continuò: "Quel che ti posso dire è che la situazione sta peggiorando di giorno in giorno: ho visto dei militari americani morire sul loro stesso suolo, e carichi di droga passare dalla sponda messicana a quella statunitense, e sai qual è la cosa buffa di questa missione?"
Io, scuotendo la testa, perché in una missione così pericolosa

non trovavo niente di buffo, chiesi: "Quale?" Lui, guardandomi, e quasi ostentando un ghigno, rispose: "E' che non ci puoi fare niente: ricordatelo, tu sei un infiltrato, e per quanto schifo ti farà tutto quello che vedrai mentre farai finta di stare coi cattivi, non lo potrai fermare, perché non dovrai mai farti scoprire, se tieni alla tua vita".
"Tu come hai fatto fino adesso a cavartela?"
"Ho avuto molto buon senso in quello che facevo: e soprattutto, non ho mai combinato niente che potesse compromettere la mia copertura. Sono stato scaltro."
"E sei sicuro che tutto questo ti sia bastato?"
"Purtroppo in guerra non esistono certezze. Un giorno sei vivo, e quello successivo potrebbero piantarti una pallottola in fronte. Io, per evitare che ciò mi succedesse, ho sempre eseguito gli ordini che mi venivano dati dai messicani, e se mi si ordinava di sparare ai miei, lo facevo!"
"Ma in questo modo, andavi contro i tuoi compagni! Com'è possibile?"
"Noi saremo autorizzati a farlo, sempre stando attenti a non ucciderli, non sempre esplodere un colpo significa ammazzare una persona, ragazzo; basta solo colpire in punti non critici! Questo è il trucco".
"E i messicani? Hanno mai avuto qualche sospetto sul fatto che non riuscissi ad uccidere mai nessuno?"
"Non che io sappia. Per quanto mi riguarda, saranno anche diffidenti, ma se giri al loro fianco, e spari ai loro nemici con un fucile, sei uno di loro. Sono un po' privi di buon senso sotto questo aspetto. E comunque, credo che se avessero sospettato qualcosa, io non sarei qui con te a parlare ora; se mi va di lusso mi tengono sotto torchio, se invece va male, puoi immaginare."
Capendo cosa voleva dirmi, tacqui. Mi rendevo conto sempre di più che la mia missione avrebbe potuto avere qualsiasi esito e che le possibilità di sopravvivere erano minori di quelle di morire: non mi stupivo. Chi non rischia di farsi ammazzare,

quando si trova nella tana del lupo? Riflettendo su questa domanda, mi balenò in testa l'ipotesi che se noi fungevamo da infiltrati in questa guerra, anche i messicani potevano averne qualcuno nelle nostre file.
Queste preoccupazioni riempivano la mia mente, quando ad un certo punto sentii lo squillo di un cellulare: era quello di Villanueva, che rispose e iniziò a parlare spagnolo: capii subito che stava comunicando qualcosa ai messicani, e lo udii mentre pronunciava il mio nome. Forse gli stava per dire che avrebbe portato all'organizzazione una nuova recluta, e quella recluta di cui parlava ero io.
La telefonata finì. Carlos mi venne incontro e mi disse "Dobbiamo andare da loro, ti vogliono vedere."
Ci incamminammo per andare all'incontro: ero agitato, tremavo al solo pensiero che i messicani potessero aver già compreso che io per loro ero un nemico e non un amico, e finché camminavo sentivo l'adrenalina salirmi in corpo, assalirmi come un leone che in preda alla fame attacca una gazzella e la azzanna alla gola, e quella gazzella ero io. Villanueva taceva: anche questo mi inquietava. Ero convinto che da un momento all'altro mi avrebbe dato qualche indicazione su come comportarmi, su cosa dire, e soprattutto sul come dirlo. Ma niente. Camminava e restava in silenzio. Ad un certo punto mi balenò in mente l'idea che anche lui fosse dei nemici, e che la sua infiltrazione fosse solamente una finzione di cui mi aveva parlato per farmi credere che stavamo dalla stessa parte. Il pensiero era legittimo, no? Dopotutto lo conoscevo, da quanto? Due ore? Non sapevo niente di lui, e potevo sospettare qualsiasi cosa, anche che ad un certo punto avrei dovuto spargli. Finché pensavo camminavo, e più ci avvicinavamo al luogo dell'incontro (che io non conoscevo) e più mi agitavo. Ad un tratto Villanueva mi guardò e vedendomi inquieto mi disse "Se ti agiti in questo modo, capiscono subito che non sei chi dici di essere. Devi stare calmo". Io cercavo di

auto-convincermi che sarebbe andato tutto bene. Nel frattempo eravamo quasi arrivati, e Villanueva mi disse "Ora dovrai parlare tu, e dovrai far capire loro che lotti per la loro causa, e che stai dalla loro parte. Io non potrò aiutarti a spiegarti con loro, ma se sarai prudente e attento a quello che dici, allora andrà tutto bene."
Arrivammo in una vecchia palazzina abbandonata, proprio al confine tra Stati Uniti e Messico, che era stata occupata dai guerriglieri subito dopo l'inizio della guerra tra cartelli e Stati Uniti. La struttura conteneva quattro piani e un'infinità di piccole stanze e corridoi che la facevano diventare un vero e proprio labirinto di malta e mattoni. I corridoi erano bui e le uniche fonti di luce erano alcune lampadine posizionate all'interno di poche camere. La palazzina portava i segni della guerriglia, potevo vedere fori di proiettile in qualunque angolo volgessi il mio sguardo, e non perché in quel momento si potesse vedere qualsiasi cosa ci stesse attorno, ma perché quei buchi, di dimensioni diverse, erano l'unica cosa veramente visibile, o quanto meno, percettibile, nelle pareti. Alcune stanze erano allagate, e la maggior parte delle condutture dell'acqua erano state distrutte dagli scontri a fuoco, i vetri delle poche finestre non barricate erano distrutti, e le porte erano state tolte per consentire un transito più rapido da una camera all'altra. Dei precedenti letti rimanevano soltanto materassi smozzicati a causa delle pallottole, ed i pavimenti erano colmi di frammenti di muro staccati dalle sparatorie. Attraversando con Villanueva l'ultimo corridoio prima di raggiungere la stanza dell'incontro, mi capitò di intravedere, in una stanza, un cadavere: si trattava, quasi certamente, di un civile che non aveva voluto abbandonare la sua stanza. Quella persona doveva essere stata uccisa da qualche settimana, dato che il corpo era in uno stato abbastanza avanzato di putrefazione, e l'odore che emanava poteva confermare questa mia sensazione. Ma al di là di questo mio pensiero, sullo stato del cadavere, e su una constatazione

(forse giusta, forse sbagliata, non lo so) su una possibile data di morte di quell'individuo, un'altra riflessione mi balenò in mente: questa gente non risparmia la vita a nessuno, uomo, donna o bambino, ed è per questo che io dovevo stare doppiamente attento ad ogni mia mossa.
Nel frattempo, finché riflettevo e seguivo Villanueva, arrivammo davanti ad una stanza chiusa dall'unica porta che io avessi visto in tutta la palazzina. La stanza ovviamente era presidiata all'esterno da due soldati, che come ci videro arrivare, ci ordinarono di fermarci e ci puntarono i loro fucili contro, pronti a fare fuoco, se fosse stato necessario.
Perquisirono sia me che il mio compagno, giusto per far capire che i cartelli non scherzano quando sono in guerra, e anche se ti considerano un amico, non si fidano di te, perché da un giorno all'altro puoi diventare un nemico, e quindi qualcuno da eliminare. Solo dopo la perquisizione potemmo oltrepassare l'uscio. Ed ecco, avevamo appena oltrepassato la porta dell'Inferno: "lasciate ogni speranza voi che entrate", pensavo fra me e me, ed anche se non stavo per morire (almeno, non subito) sapevo di non poter tornare indietro. Non avrei potuto nemmeno provare a scappare, perché non ne sarei uscito vivo, anche se l'idea di fuggire non mi aveva nemmeno sfiorato.
Entrati nella stanza trovammo un gruppo di guerriglieri che stavano mangiando e scherzando tra loro. La stanza era abbastanza grande, con un grande tavolo al centro, illuminata da un lampadario, l'unico di tutta la palazzina. I muri non erano in perfette condizioni, ma rispetto a quello che avevo visto nei corridoi, sembrava di essere in una stanza reale di un palazzo lussuoso. Villanueva chiese a quegli uomini dove fosse il loro capo, e, riferendosi a me, aggiunse che l'organizzazione aveva un nuovo soldato.
Non appena udirono le domanda del mio compagno si voltarono, e vedendomi, le loro facce sorridenti si fecero subito serie. Il loro repentino cambio di espressione mi fece quasi

rabbrividire, ed uno di loro, avvicinandosi a Villanueva, ordinò di aspettare, dicendo che a momenti il loro capobanda sarebbe arrivato. Stranamente l'attesa mi tranquillizzava: forse perché mi trovavo già nella tana del lupo, forse perché con me c'era sempre Villanueva, che anche se non mi poteva parlare, rappresentava per me un non so che di rassicurante. Nel frattempo i messicani ci ignoravano e scherzavano tra di loro, ed io pensavo, che in quei momenti di attesa avrei voluto andarci anch'io con loro a ridere e farmi quattro chiacchiere: con lo spagnolo me la cavavo più che bene, non avrei avuto problemi a spiegarmi e a capire quello che mi dicevano, d'altronde, ero lì proprio per questo, ma il pensiero che avrei dovuto parlare con loro solamente per questioni di guerra e non avrei potuto nemmeno rivolger loro una parola fuori posto mi metteva in ansia.

Il momento dell'attesa finì: il capo, mezzo sbronzo ed addormentato, arrivò e mi si avvicinò, salutandomi più o meno (proprio perché era mezzo ubriaco) e dopo essersi ripreso un po' mi rivolse delle domande sulla guerra, su come vedevo la situazione, e se ero assolutamente convinto che i messicani potevano vincerla. Io cercai di dare le risposte più accondiscendenti ai loro interessi, sperando di non aver detto nulla di sospetto. Alla vista di Villanueva che mi faceva cenno di sì con la testa capii che era andato tutto bene; ero molto soddisfatto di questa prima mia "performance", anche se mi rendevo conto che non si trattava nemmeno dell'inizio: la mia vera missione sarebbe cominciata quando, ai primi scontri a fuoco, o alle prime commissioni, non avrei dovuto far capire che ero una talpa. Tuttavia, dopo il primo colloquio, ebbi un momento in cui mi concessi il lusso di essere ottimista: se ero stato abbastanza scaltro da non far sospettare il leader messicano, vuol dire che sarei stato capace di nascondere la mia vera identità ancora, e ancora, e ancora, fino alla fine del mio compito, e se anche Villanueva c'era riuscito fino a quel momento, questo significava che non si trattava di un compito impossibile. Mio padre mi ripeteva sempre che se almeno un uomo era riuscito in un'impresa o in una missione reputata impossibile, allora questa non diventava più impossibile. Stava tutto nella forza di volontà di una persona svolgere un compito difficile, e chi aveva avuto il coraggio di compiere per primo una grande impresa, aveva avuto più forza di volontà di tutti gli altri uomini. Già, mio padre, quanto sentivo la mancanza di mio padre! Perderlo così, da una sera all'altra, e poi scoprire, senza riuscire a crederci, che anche lui faceva parte di un mondo meschino e crudele come quello della vendita di stupefacenti, suscitava in me una sensazione talmente forte che non avrei mai saputo descrivere, e che mi portava a vedere me stesso come il figlio che ripara gli errori di suo padre.

Alla fine di quella chiacchierata io e Villanueva uscimmo dalla stanza, e le guardie ci accompagnarono in una stanza grande al secondo piano, dotata di bagno, letto e una discreta illuminazione. Ci dissero che saremmo dovuti rimanere in quella camera fino all'indomani, e aggiunsero, che il giorno seguente sarebbe stato molto importante per me, anche se non mi spiegarono il motivo.

Ero sollevato ed allo stesso tempo preoccupato: stare in quella stanza non mi dispiaceva affatto, ma il fatto di non sapere che cosa avrei dovuto fare il giorno seguente mi lasciava in testa un alone di dubbio e incertezze. Chiesi a Villanueva se sapeva di cosa stessero parlando quelle guardie, ma anche lui disse di non sapere nulla. Erano già le nove di sera, e decidemmo di mangiare qualcosa. La stanza era stata già attrezzata di alcuni alimenti prima del nostro arrivo. Villanueva, che essendo di origine messicana, di cibo messicano se ne intendeva, cucinò i tacos. Mi piacquero molto, anche se era la prima volta in vita mia che li mangiavo: di solito preferivo il mio adorato fast food americano.

Dopo cena mi sdraiai su uno dei due materassi che ci erano

stati lasciati in stanza, tuttavia non riuscii a chiudere occhio: pensavo a cosa avrei dovuto fare l'indomani di tanto importante, e l'ipotesi più plausibile, era che si trattasse di una specie di rito di iniziazione: ma in cosa consisteva? Non lo sapevo. Ma lo avrei scoperto tra poche ore.
Oltre a queste preoccupazioni, devo dire che quella notte faceva un caldo terrificante, e sicuramente questo non gioca mai a favore del buon sonno. Nella stanza non avevamo l'aria condizionata, e non c'era nemmeno un ventilatore, cosa che in quel momento desideravo più del riposo. L'odore dei tacos aveva invaso tutta la stanza, impedendomi di respirare un'aria diversa a causa della porta e delle finestre chiuse.
Mi alzai dal materasso per prendere un bicchiere d'acqua, e svegliai Villanueva, che intanto aveva dormito tranquillo.
Mi chiese "Che c'è ragazzo?".. "Nulla, è che sto pensando a cosa dovrò fare tra poche ore. Il fatto di non saperlo mi rende nervoso".. e nel frattempo mi sedetti di nuovo sul materasso. Villanueva mi disse: "Ricorda che qualsiasi cosa sia, la dovrai fare senza esitazione. Se ti diranno di sparare, sparerai, se ti diranno di far passare un carico di droga, lo farai, se ti ordineranno di ammazzare qualcuno con il machete, lo dovrai fare a pezzi, e non dovrai neanche per un momento, per nessun motivo, dare l'impressione di non volerlo fare. Questa gente non scherza, e se non esegui gli ordini, diventi un bersaglio."
Queste parole mi fecero capire ancora di più, che per essere un infiltrato tra i criminali, bisogna diventare dei criminali. Compresi che non dovevo guardare in faccia nessuno, non dovevo fidarmi di nessuno, e non dovevo fare domande. Uno degli scopi della mia vita, da quel preciso istante fino alla fine della missione, sarebbe stato eseguire gli ordini, qualsiasi essi fossero. Mentre riflettevo sulla nuova vita che stavo per iniziare, ebbi uno sprazzo di folle ottimismo, che mi portò a pensare che tutto sarebbe andato per il meglio: dopotutto ero diventato un soldato, ed ero stato addestrato per controllare le

mie emozioni e per eseguire gli ordini. Che cosa mi poteva accadere di così catastrofico? Questo lampo di ottimismo, però, durò pochissimo: Villanueva nel frattempo era uscito dalla stanza per controllare che la situazione fosse tranquilla, sia all'interno che all'esterno dell'edificio; quando tornò mi disse che ero stato mandato a chiamare dal capobanda, e non appena chiesi spiegazioni sulla motivazione, arrivò una guardia che mi puntò una pistola alla tempia e mi ordinò di seguirlo, se volevo restare vivo. Mai come in quel momento temevo che la mia missione si sarebbe conclusa ancora prima di iniziare. Cominciavo a pensare che Villanueva mi aveva venduto, e in quei pochi istanti avevo iniziato a maledirlo con tutte le mie forze, insultandolo dentro di me con ogni offesa possibile o immaginabile. Fui accompagnato al terzo piano, attraversando gli stessi stretti e lunghi corridoi che mi avevano portato a quella che io definivo "l'entrata dell'Inferno". Oltrepassai nuovamente l'uscio, sempre accompagnato da quella guardia che, in quel momento, avrei definito una sorta di "Caronte", traghettatore degli spiriti dannati o, come diceva Dante nel terzo canto dell'Inferno, delle "anime prave". E proprio a proposito della Divina Commedia, mi ritornò in mente quella celeberrima frase dantesca che recita: "lasciate ogni speranza voi ch'entrate", con la sola differenza che questa volta ero certo di essere sul punto di morire per mano di quei guerriglieri. Convinto di ciò, pregavo di ricevere una morte veloce e indolore, che mi avrebbe portato a raggiungere i miei cari nell'Aldilà. Prima che il capobanda arrivasse, osservavo un'altra volta le pareti di quella stanza, sicuro del fatto, che sarebbero state una delle ultime cose che avrei potuto vedere. Tutta la mia vita mi passava davanti come in un cortometraggio, già vedevo, in un angolo vuoto della stanza i volti di mio padre e mia madre perduti qualche mese prima, ripensavo al detective Johnson ed al caporale Mackey, che tanto mi avevano incoraggiato ad intraprendere questa strada, e mi rammaricavo del fatto che non sarei riuscito nell'intento di vendicare la mia famiglia; ma lo sapevo, conoscevo i rischi, ero perfettamente consapevole del fatto che fare il soldato è molto pericoloso, potevo decidere di rinunciare alla vendetta, ma ho voluto rischiare e mi era andata male.

Ero ormai rassegnato ad una morte certa e senza onore, quando, all'improvviso, il capobanda arrivò nella stanza con quattro uomini che ne trasportavano un quinto dentro ad un sacco nero: quell'individuo era vivo, si dimenava ed imprecava contro il Messico e i cartelli della droga, accusandoli con termini poco lusinghieri di avergli strappato una moglie ed una figlia. Legato mani e piedi, fu finalmente tirato fuori da quel sacco, e fu trascinato proprio davanti a me. Uno dei guerriglieri aveva portato con sé un machete, e non appena quell'uomo mi fu abbastanza vicino, lo sfoderò con prontezza e me lo mise in mano. Mai avevo visto un machete dal vivo prima di quel momento, e mai in vita avevo assistito ad un'uccisione, ma, come era solito ripetere mio padre, in ogni cosa c'è sempre una prima volta, e quella prima volta mi avrebbe cambiato per sempre. Il capobanda mi guardò con un'espressione seria, consapevole del fatto che il destino di quell'individuo era ormai segnato. Solo una parola mi fu rivolta: "Matalo". Guardai il capobanda con un'espressione persa e quasi impaurita, e non eseguii l'ordine. Uno dei soldati, allora, mi puntò nuovamente una pistola alla testa, e mi disse che se non lo avessi fatto a pezzi al nuovo ordine sarei morto insieme a lui. Alla fine capii, che non ero io quello che doveva morire, a meno che non avessi scelto di farlo spontaneamente. Mi venne impartito nuovamente l'ordine di uccidere quel perfetto sconosciuto, che nel frattempo, avendo intuito il suo fato, si era messo a pregare in lacrime, affinché non lo colpissi; mi pregava, insomma, di sacrificare la mia vita insieme alla sua. In quei due secondi che mi rimasero per riflettere, capii che non valeva la pena di lasciarci la pelle per qualcuno che sarebbe morto comunque. Con tutta la rabbia che avevo in corpo lo colpii alla gola con una forza tale che il sangue schizzò ad un paio di metri di distanza. Sentii un urlo strozzato dell'uomo che avevo colpito mortalmente, e vidi la vita che lo stava lasciando pian piano. Lo colpii nuovamente, sempre nello stesso punto, per alleviare le sue sofferenze. Una volta sicuro che fosse morto, cominciai a colpirlo in tutte le parti del corpo: prima le braccia, poi le gambe, finché non lo ridussi a pezzi. I guerriglieri, intanto, osservavano questa scena con la stessa leggerezza e superficialità di un ragazzo adolescente che guarda un cartone per bambini. Ciò che per me era disumano, per loro era diventato una cosa normale. Una volta finito il lavoro il capobanda mi prese il machete dalla mano sinistra e mi disse che da quel momento fino alla morte sarei stato legato alla loro causa. Insomma, per loro ero diventato una specie di fratello, solo perché avevo avuto il coraggio di uccidere un uomo che non poteva difendersi in alcun modo.

Me ne tornai nella mia stanza al secondo piano, con Villanueva che mi aspettava. Vedendomi sporco di sangue capì che cosa ero stato costretto a fare, mi disse: "Ti ci abituerai, ragazzo, ma sta' tranquillo, prima o poi, in un modo o in un altro, tutto finirà".

In lacrime, mi sedetti sul materasso, e tacqui per tutto il resto della giornata, che ormai volgeva al termine. Non mangiai, né bevvi nulla che non fosse tequila o altre bevande alcoliche, per provare a dimenticarmi di quel brutale omicidio di cui mi ero macchiato.

Durante tutta la notte sognai il viso dell'uomo che avevo ucciso, assieme ai volti dei miei genitori sgozzati. Tutti e tre pregavano e piangevano, mentre il sangue sgorgava dalle loro gole. Quando mi svegliai capii subito il significato di quell'incubo: era come un segno del destino, un destino segnato da morte e scie di sangue che si sarebbero allungate sempre di più.

Eppure, in tutto questo, trovavo ancora qualcosa di positivo a cui aggrapparmi: ero vivo, e Villanueva non mi aveva venduto come avevo pensato, anzi, era affianco a me a guidarmi e proteggermi, in una guerra che non aveva nulla di umano e trasformava gli uomini in bestie feroci, capaci di qualsiasi brutalità.

Mi riaddormentai con questi pensieri nella mente: evidentemente le bevande alcoliche che avevo bevuto non erano bastate a stordirmi, perché quando mi risvegliai, il mattino seguente, la scena del giorno precedente era ancora vivida nella mia testa.

Fui mandato nuovamente a chiamare dal capobanda. Appena giunsi nuovamente davanti a quella maledetta stanza del terzo piano, trovai le solite due guardie a presidiarla, ma questa volta non mi perquisirono, né mi guardarono con atteggiamento diffidente: si fidavano di me, ormai, soprattutto dopo quell'omicidio che, se per loro era come un giuramento di fedeltà, per me rappresentava un motivo di odio verso i cartelli e verso me stesso, ed anche se non potevo rendere palese ai loro occhi questo mio sentimento, dentro di me sognavo il giorno in cui avrei potuto dirgli chi ero veramente, mentre li ammazzavo come cani.

Una volta entrato dentro la camera, il capobanda mi disse che c'era un nuovo incarico per me e Villanueva: si trattava di far passare un carico di cocaina da 1200 kilogrammi attraverso il confine americano. Mi ordinò di avvisare il mio compagno, e di essere pronti il giorno seguente. Oramai era evidente: mi stavo trasformando in un criminale.

4. CRIMINALI

Me ne uscii dalla stanza ed andai subito da Villanueva per avvisarlo della nuova missione, così che anche lui avesse il tempo di avvertire i nostri commilitoni, affinché si preparassero. Sapevo benissimo, che anche se recitavo la parte del cattivo, ero sempre un soldato americano che doveva servire il suo Paese, ed è per questo che sapevo ancora meglio, che quella cocaina non sarebbe mai dovuta arrivare nelle strade americane.

Una volta appresa la notizia, Villanueva uscì dall'edificio, e mi chiese di controllare che nessuno lo seguisse. Finché lui oltrepassava l'uscio della nostra stanza, mi guardai intorno, per vedere se veniva qualcuno. Non arrivò nessuno, e potei stare tranquillo per una ventina di minuti. Ad un tratto, però, giunse davanti alla nostra camera una guardia, che mi chiese di lui. Dissi, mentendo, che non lo avevo ancora visto e che lo stavo aspettando, per parlargli del nuovo incarico. Appena pronunciai quelle parole, la guardia prese il telefono e chiamò il capobanda per comunicargli che Villanueva non era in stanza. Non fece a tempo a terminare la telefonata, che altri due soldati armati fino ai denti arrivarono davanti alla mia stanza. Stavo cominciando a perdere la calma, pensavo che Villanueva fosse stato scoperto, o che stessero sospettando di lui. Mi fu data una pacca sulla spalla, e i due soldati uscirono dall'edificio di corsa. Pensai che, in qualche maniera, avrei potuto tentare di avvertire il mio compagno con il cellulare, ma la guardia era rimasta a presidiare la stanza. Ormai era chiaro che nutrivano qualche dubbio su di noi, in particolare su Villanueva, e volevano capire se anch'io stessi facendo il doppio gioco. La guardia, nel frattempo, passeggiava avanti e indietro lungo quello stretto corridoio, giusto per farmi capire che mi sarebbe bastato un solo passo falso per essere ucciso all'istante. Mi resi conto di essere impotente, di non poter fare nulla per il mio

compagno, perché non avrei potuto avvisarlo del pericolo in alcun modo. Se avessero preso lui, io avrei dovuto fare tutto ciò che potevo per rimanere vivo e per non far capire che ero un suo complice. Iniziavo già a pensare che per lui non ci fosse più alcuna speranza, che lo avessero catturato e messo in un sacco nero, legato mani e piedi, e che probabilmente sarebbe toccato a me ucciderlo, proprio come avevo fatto il giorno precedente, e questo mi faceva rabbrividire ancor di più.
Per la seconda volta, mi sbagliai su Villanueva: anche questo caso, non mi aveva lasciato da solo, perché ritornò, con la stessa tranquillità di un uomo che rincasa dopo una lunga passeggiata. La guardia, come lo vide, gli puntò la pistola addosso e lo ricoprì di insulti, chiedendogli dove diavolo si fosse cacciato tutto quel tempo. Villanueva, con molta disinvoltura, disse che era stato a prendere un po' di aria, e a fumare una sigaretta, e tirando fuori un pacchetto da una tasca, ne offrì una alla guardia, la quale, però, continuava a tenere la pistola puntata contro di lui; stanco delle minacce, Villanueva lo disarmò con un'abile mossa di chissà quale arte marziale, e gli assestò un colpo nella pancia talmente forte, che la guardia diede di stomaco e cadde a terra. Non avevo mai visto Villanueva così: per quanto poco lo conoscessi, lo consideravo un tipo calmo e pacifico, capace di farsi rispettare anche senza menare le mani, ma dopo ciò che vidi, compresi che, nonostante sapesse come controllare la sua rabbia, sarebbe stato meglio non sperimentarla.
Non ci fu nessuna lotta, la guardia aveva imparato la lezione, e per farlo capire, chiamò il capobanda, gli disse che Villanueva era rientrato in stanza, e che avrebbe potuto richiamare i due soldati che erano andati a cercarlo.
Per ora eravamo salvi entrambi, e quando fummo da soli, mi chiese perché non lo avevo avvertito; gli spiegai che non potevo farlo, perché ero controllato, e se ci avessi provato ci avrebbero scoperti entrambi. A quel punto tacque, e si riempì il

bicchiere di tequila. Poi uscì un paio di secondi dalla stanza, e si assicurò che nessuno fosse nei paraggi. Appena rientrò mi disse: "Ho avvertito Mason e Wislow, si faranno trovare pronti con le loro squadre." Ed io ribattei: "E la nostra copertura? Che ne sarà di noi? Ci è stato detto che dobbiamo fare passare quel carico, ma quale sarà la nostra mansione? Guidare? Proteggere il camion che trasporta la droga? Che faremo?". Ovviamente lui non poteva saperlo, e con queste domande volevo fargli capire che non potevamo esporci, ma Villanueva sapeva il fatto suo, e mi disse "Tranquillo ragazzo, se non ti è stato detto oggi, la nostra mansione ti verrà comunicata domani. È un metodo che usano loro per assicurarsi di non dare troppe informazioni. D'altronde, sai bene che non possono permettersi di rischiare che un carico così grosso venga sequestrato dalla DEA o dai militari. Quantità così grosse di droga vengono spedite come forma di pagamento da un cartello all'altro, ma solitamente la droga che attraversa la frontiera ha una quantità media di qualche centinaio di chili a trasferta. Secondo la mia esperienza acquisita sul campo io e te domani dovremo guidare il camion che la trasporta: tu sei nuovo in questa organizzazione, ed i novellini sono sempre quelli più esposti, o per meglio dire, quelli di cui ai capobanda importa meno. Se tu vieni preso, ce ne sarà sempre un altro al tuo posto, se viene preso un capo, il cartello perde la faccia davanti ai rivali, e non se lo può permettere." A quel punto gli chiesi: "E perché anche tu dovresti essere con me? Sei da più tempo in questa banda", al ché lui mi rispose: "Io ti ho portato qui, io devo garantire per te. Comunque non hai motivo di preoccuparti: tutte le squadre operative nel sud del Texas possiedono le nostre foto segnaletiche, ho chiesto a Wislow e Mason di diffonderle per non farci diventare dei bersagli, quindi, qualsiasi ruolo tu abbia domani, sappi che ne uscirai vivo."
Le parole di Villanueva mi avevano tranquillizzato: era un gran soldato, ed anche un compagno formidabile. Da lui potevo e

dovevo imparare molto, se volevo sperare di non farmi uccidere. Erano ormai le due del pomeriggio, e non avevamo ancora mangiato nulla. Il frigorifero era quasi vuoto, così, dopo aver chiesto ed ottenuto dal capobanda il permesso di uscire per comprare qualcosa da mangiare, cercammo il primo supermarket o minimarket in cui fare la spesa. Ne trovammo uno a circa un chilometro di distanza dalla palazzina in cui risiedevamo da quasi due giorni. Per un attimo mi sembrò di tornare alla mia vita prima di diventare un soldato: era da mesi che non mi recavo ad un supermercato per fare la spesa, e mi rendevo conto di quanto erano cambiate le cose, da quando avevo perso la mia famiglia. Entrando all'interno del negozio, avevo la sensazione di evadere, anche se solo per poco, da quella realtà di guerra e di sangue in cui mi ero immerso da qualche giorno, e in cui avrei dovuto tornare con la mente, per restare lucido e concentrato sul mio obbiettivo.
Impiegammo circa un'ora per comprare ciò di cui avevamo bisogno (e non era solo cibo, ovviamente).
Quando fummo di ritorno, decidemmo di preparare la cena. Come il giorno precedente, Villanueva cucinò i tacos, e questa volta li mangiai molto volentieri, non tanto per il loro sapore (che era comunque buono), quanto perché non avendo mangiato nulla per una giornata intera, mi sarei divorato qualsiasi pietanza.
Una volta finito di cenare ci sdraiammo ognuno sul proprio materasso, e nonostante il caldo, riuscimmo a riposare alcune ore, prima dell'inizio dell'operazione.
Alle 8 del mattino seguente fummo svegliati da una guardia, che era entrata nella nostra stanza per dirci che eravamo stati chiamati a raccolta dal capobanda. Stavolta, invece che al terzo piano, la guardia ci accompagnò fuori dall'edificio, dove incontrammo gli altri guerriglieri.
Il capobanda aveva assegnato a ciascun soldato un compito preciso, e come Villanueva aveva previsto, io e lui dovevamo

guidare un grosso camion che, stando alle parole del capo, sarebbe arrivato a momenti davanti a quella palazzina abbandonata. Agli altri guerriglieri spettava il compito di proteggere noi e, soprattutto, il carico di cocaina.
Attendemmo quel camion per circa dieci minuti. Appena arrivò, l'autista scese per affidarlo a me e Villanueva, ed entrò in macchina con gli altri soldati.
Il capobanda ci disse che nel camion c'era un GPS, sincronizzato ad un monitor posizionato nella loro auto, un SUV di colore nero.
Era un grosso camion nero con rimorchio, lungo circa 18 metri, e al solo vederlo, mi spaventò l'idea di dover guidare un bestione del genere. Non avevo mai guidato neanche un furgoncino in vita mia, figuriamoci un camion così grande! Chiesi a Villanueva se poteva guidarlo lui, perché io non ero assolutamente in grado di farlo. Comprendendo le mie ragioni, accettò, e salimmo, lui al posto di guida, ed io al suo fianco.
Una volta saliti, aspettammo che i guerriglieri ci sorpassassero con la loro auto, per seguirli e oltrepassare il confine insieme. Villanueva, che doveva comunicare la sua posizione a Wislow e Mason, mi chiese di mandare un sms a Wislow, e dicendomi di scrivere il numero di targa del camion, e dopo questo, la parola "GPS", in modo da far capire che il camion poteva essere rintracciato facilmente grazie alla presenza di quel piccolo strumento elettronico. Mi disse poi di cancellare il messaggio, una volta inviato, per non destare alcun sospetto.
La scheda installata nel mio telefonino era strutturata appositamente per far "rimbalzare" ogni messaggio che inviavo, impedendo a chiunque di controllarne il destinatario e permettendomi di mantenere la conversazione totalmente segreta. Tuttavia, in queste operazioni le precauzioni non sono mai sufficienti, e cancellare i messaggi dalla mia cronologia avrebbe eliminato ogni minimo dubbio di tradimento.
Oltrepassammo la frontiera senza alcun problema, fino ad

arrivare in un piccolo paesino situato a due chilometri ad est della base militare americana in cui ero atterrato al mio arrivo in Texas. Per un altro chilometro, proseguimmo il nostro viaggio, dopodiché iniziò il finimondo: tutto cominciò con una semplice volante della polizia che, suonando la sirena, ci ordinò di fermare il camion. Per non destare sospetti, nascondemmo le armi che portavamo dentro l'enorme portaoggetti della cabina di guida. Scendemmo dal camion per sottoporci al controllo. La pattuglia di polizia aveva portato con sé un cane antidroga, che annusando la targa e le ruote del camion, iniziò prontamente ad abbaiare e ringhiare contro me e il mio compagno. I guerriglieri, che stavano davanti a noi ed avevano visto la scena, fecero immediatamente inversione di marcia e non appena arrivarono davanti al camion iniziarono a sparare all'impazzata: uccisero entrambi gli agenti e ci ordinarono di risalire sul camion e scappare più velocemente possibile. Subito ci trovammo altre quattro volanti della polizia alle costole, e nonostante Villanueva sapesse guidare molto bene quel camion, non poteva andare abbastanza veloce per seminarle. Mi diede quindi, il suo cellulare e mi disse: "Ragazzo, qui si mette male. Vai dietro alla cabina di guida, e chiama Wislow, digli di toglierci quelle volanti di torno e di farci arrivare fino al punto di scarico della merce". Io gli domandai "Perché?" e lui, nella confusione, mi rispose: "Perché altrimenti sospetteranno che gli abbiamo comunicato noi la nostra posizione! Vai, e fai presto!"
Il più rapidamente possibile, feci quella telefonata. Wislow rispose prontamente:
"Pronto, Villanueva, sono Wislow. Ma che state combinando lì fuori?"
"No, Wislow, sono Scott, Villanueva sta guidando, non può parlare! Ascolti bene ora, deve mettersi in contatto con la polizia texana, ci deve togliere quelle voltanti di dosso, e lo deve fare subito!!"

"Ma di che stai parlando ragazzo?! Lo sai che non posso farlo! Ci sono alcuni dei miei uomini in quelle volanti, non li posso ritirare!
"No, signore, lei non ha capito. Ci tolga subito quelle macchine di dosso!
"Figliolo, non so che cavolo stiate combinando, ma se non mi spieghi che succede vi farò arrestare entrambi!
"Vi abbiamo dato noi la posizione del camion, se ci arrestate subito capiranno che è stata fatta una soffiata! Solo Villanueva sapeva che nel camion c'è un GPS, e solo noi sapevamo il numero di targa! Non ci avreste trovati se qualcuno non ve l'avesse comunicata, quindi ci lasci arrivare al punto di scarico della merce, se tiene alla nostra incolumità."
"D'accordo, Scott, ma dovrete liberarvi di quelle volanti da soli, e poi studieremo un piano diverso per recuperarvi."
"Recuperarci? No! Non deve farlo, susciterebbe sospetto! Ora le dico io che cosa deve fare: appena arriveremo a destinazione, lei lo saprà. I guerriglieri ci recupereranno e scapperemo con loro; per ora non sanno che avete rintracciato il GPS, e questo è un vantaggio non da poco. Stiamo raggiungendo una vecchia fabbrica abbandonata proprio in questo momento, è lì che dovremmo fermarci. Ora dirò a Villanueva di urtare le volanti con il camion, per darci la possibilità di seminarvi e non far insospettire i messicani. Aspettate questa sera, circondate il perimetro con squadre d'assalto, ed appena arriva qualcuno, arrestatelo o eliminatelo, e sequestrate la droga. Così metterete al riparo me e Villanueva, e quella cocaina non raggiungerà mai le strade. Ora siamo arrivati. Devo andare, o si insospettiranno. Passo e chiudo."
"Buona fortuna ragazzo, guardatevi le spalle."
La telefonata durò circa cinque minuti, e una volta terminata, la cancellai dal registro delle chiamate del cellulare di Villanueva, per non destare sospetti. Ordinai a Villanueva di scatenare il

finimondo su quella strada con un grosso incidente, e lui prontamente eseguì. Così ci liberammo della polizia ed arrivammo al punto di scarico.

Subito dopo guardai anche il mio cellulare, per vedere se il capobanda mi aveva chiamato: fortunatamente non avevo ricevuto nessuna telefonata, e mi sentivo sollevato.

Il carico era giunto a destinazione, una vecchia fabbrica abbandonata a circa sette chilometri dalla base militare statunitense. Non avemmo nemmeno il tempo di scendere dal camion, che ci ritrovammo dentro al SUV dei guerriglieri, i quali, rendendosi conto di non poterci più portare nella vecchia palazzina in cui tutto era iniziato, guidarono verso un piccolo hotel gestito da messicani, a circa un chilometro di distanza dalla fabbrica. Appena entrammo, nell'hotel, i guerriglieri iniziarono a parlare con il proprietario dell'albergo, chiedendo una stanza per noi due, e dicendo di non avere molto tempo per discutere. L'albergatore e i guerriglieri parlavano tra loro con un atteggiamento quasi confidenziale: era evidente che si conoscevano, anche perché il capobanda non tirò fuori nemmeno un dollaro per pagare la stanza che, infine, ci fu concessa.

L'albergo era piccolo, comprendeva solamente due piani con tre camere per piano. L'intonaco delle pareti era rovinato, i muri erano ammuffiti sugli spigoli; le finestre di legno portavano i segni degli agenti atmosferici, che ne avevano fatto marcire alcuni pezzi, persino nella parte interna. L'impianto di ventilazione al pianterreno era vecchio e mal funzionante, e il pavimento era pieno di polvere. Insomma, da ciò che potevamo vedere una volta entrati, l'albergo non si poteva certo definire accogliente, ma, come si dice in queste situazioni, "piuttosto di niente, meglio piuttosto".

La nostra stanza, la numero 5, era situata al secondo piano, ed una volta afferrate le chiavi da un piccolo cassetto, l'albergatore ci guidò davanti ad una breve rampa di scale, e ci

disse che, una volta salite, avremmo trovato la camera alla nostra destra.
Salimmo da quelle scale, e quando arrivammo davanti alla nostra camera, Villanueva, che aveva preso la chiave dalle mani dell'albergatore, la infilò nella serratura della porta e riuscì ad aprirla. La stanza era piccola, ma sicuramente lo spazio bastava per due persone. Tuttavia letti erano tre, e si trovavano talmente vicini l'uno all'altro, che se non avessimo spostato il letto al centro un po' più avanti (a mo' di scacchiera) non saremmo nemmeno riusciti a mettere i piedi sul pavimento quando volevamo alzarci. Decidemmo però di sfruttare quel letto per mettere le nostre borse e i nostri stivali, proprio per non appoggiarle sul pavimento, perché con così poco spazio, ci sarebbero state di intralcio. La camera era fornita di un bagno con un piccolo box doccia, ed io decisi di approfittarne subito per lavarmi, dato che non lo facevo da quasi tre giorni e puzzavo da fare schifo: fin da quando ero bambino, ero un maniaco della pulizia, ed odiavo l'idea di essere sporco o di non potermi lavare, ed anche se in questi tre giorni avevo avuto tutt'altre preoccupazioni, il bisogno di tirarmi via quell'odore di sudore e quella polvere dalla pelle non aveva certo abbandonato la mia mente.
Data la stanchezza, in quel momento avrei desiderato di più una vasca piena d'acqua tiepida al posto di una doccia, ma dovetti accontentarmi di ciò che quell'albergo ci offriva (e Deo gratia se potevamo usufruirne!)
Quando uscii dal bagno vidi Villanueva che stava parlando al telefono: era il capobanda, il quale si complimentava con noi per il lavoro svolto e annunciava che a breve sarebbero arrivati due dei suoi uomini a pagarci. Appena la telefonata terminò, mi disse: " E' andato tutto liscio, siamo stati scaltri. Ora tocca a Wislow e Mason fare la loro parte", ed io ribattei: "Già, ora tocca a loro. Hanno tutte le informazioni utili per sequestrare quella droga, gli abbiamo riferito tutto quello che sapevamo.

Speriamo che sia sufficiente."
Era già l'una, e decidemmo di pranzare: scendemmo le scale dell'albergo, fino a raggiungere il piano terra. Appena l'albergatore ci vide, venne sorridente verso di noi, e ci disse: "Ohi muchachos, tutto bene? Immagino che siate qui per pranzare! Sarete affamati, prego, seguitemi!", e ci fece sedere ad uno dei quattro tavolini per due persone che erano presenti al piano terra. Ci portò il menù, e tra tutte le pietanze che vidi, peraltro quasi tutte messicane, quella che attirò di più la mia attenzione furono i maccheroni al formaggio, un piatto tipico americano che, inserito tra tutti quei piatti di cucina messicana, non solo aveva la stessa affinità di un ago nel pagliaio, ma lasciava anche intuire che quel piccolo hotel era più atto ad ospitare clienti messicani che americani, e se un cittadino statunitense vi fosse entrato, anche solamente per magiare qualcosa, le probabilità di trovare un piatto che conosceva o che gli piaceva erano una su un milione (salvo che non conoscesse la cucina messicana, ovviamente).
Villanueva, che pur essendo americano, era sempre di origine messicana, ordinò i suoi amati tacos, facendomi pensare che quello fosse il suo unico punto debole: lo conoscevo da meno di tre giorni, e per tutto quel tempo l'unica cosa che lo avessi visto mangiare, erano i tacos. Da bere io ordinai una bottiglia di acqua, mentre lui ordinò una tequila. In quanto a vizi, Villanueva non si faceva mancare nulla (o quasi): beveva parecchio, di tanto in tanto fumava, l'unica cosa che non aveva provato, almeno per quanto ne sapessi, era la droga.
Nonostante io odiassi il fumo e bevessi solamente di tanto in tanto, provavo comprensione per lui: in situazioni come quella in cui ci trovavamo, un cammino segnato da sangue e morte, l'alcol o il fumo sono l'unica cosa che resta ad un uomo per cercare di evadere con la mente da una realtà che lo vede in continuo pericolo. Non è forse vero che anche i soldati della Prima Guerra Mondiale, quando andavano all'assalto delle

trincee nemiche, spesso si ubriacavano prima di uscire dalle loro postazioni per esporsi alle mitragliatrici? O che mi dite dell'alcol e della droga che venivano usati da poeti ed artisti che cercavano un'ipotetica fuga in un mondo tutto loro, per non restare incatenati a quello in cui si trovavano?
Noi ci comportavamo esattamente allo stesso modo: ogni volta che ne avevamo l'opportunità, cercavamo un modo per evadere da una realtà che odiavamo e nella quale saremmo dovuti comunque tornare.
Attendemmo all'incirca un quarto d'ora prima di essere serviti.
Furono i quindici minuti più lunghi della mia vita: né io, né Villanueva, proferimmo parola: eravamo concentrati sul da farsi per i giorni successivi, e nello stesso tempo stavamo ascoltando il notiziario alla radio, che parlava di un inseguimento di un camion sospetto e dell'uccisione a sangue freddo di due agenti di polizia. La rabbia per ciò che era successo mi stava consumando, soprattutto quando ascoltai la voce della moglie di uno di quei poliziotti, che, in lacrime diceva: "Mio marito non meritava questo, era una brava persona. Spero solo che se esiste un Dio, da qualche parte, possa vendicarlo, e spedire all'inferno quelli che me lo hanno portato via."
Avrei voluto fare qualcosa per quella donna, avrei voluto portarle la testa di quegli uomini, ma come mi aveva detto Villanueva qualche giorno prima, per un infiltrato tutto questo fa parte del gioco, e non ci si può fare nulla tranne accettarlo passivamente, se non si vuole rischiare la propria vita, e pensai: "Vendicherò anche loro un giorno, ma quel giorno non è oggi".
Al momento di essere serviti, fu l'albergatore stesso a portarci i piatti sul tavolo, e quando gli chiedemmo il conto, prima di iniziare a mangiare, ci disse che il pranzo era offerto dall'hotel. Evidentemente il capobanda aveva trovato un accordo con il proprietario dell'albergo, perché non pagammo un dollaro, né per la permanenza, né per il pranzo.

Appena terminammo di mangiare, ce ne tornammo in camera, per riposare. Circa mezz'ora più tardi, il cellulare di Villanueva squillò nuovamente, svegliandoci entrambi: ancora una volta era il capobanda che chiamava, questa volta per avvisarci di un nuovo incarico, che avremmo dovuto portare a termine entro i due giorni successivi. Si trattava, purtroppo, di un omicidio che dovevamo commettere ai danni di un membro del cartello di Sinaloa, colpevole non solo di aver ucciso quattro soldati dei Diablos Rojos, ma anche di spacciare droga nel loro territorio; dovevamo spargli a sangue freddo, tagliargli le mani dopo che fosse morto, e incidergli sul petto le iniziali "DR", per rivendicare l'omicidio per conto dei Diablos Rojos.
Chiesi a Villanueva il motivo per cui avremmo dovuto amputargli le mani una volta morto, e lui mi spiegò che tagliare determinate parti del corpo ad un criminale dopo che lo si è ucciso, ha un significato simbolico, e che le mani, in quel caso, stavano a significare che quell'uomo era coinvolto in affari che disturbavano il cartello rivale, e quindi andava fermato.
Non avrei mai voluto commettere un altro omicidio, ma pensandoci bene, l'uomo che dovevamo far fuori era uno spacciatore ed un assassino, insomma, un vero e proprio dispensatore di morte, e il nostro scopo era proprio quello di eliminare le persone come queste; non importava per conto di chi lo facessimo, andava fatto e basta, ed ero pronto a portare a termine la missione, in qualunque modo.
Dopo avermi parlato del nuovo incarico, Villanueva mi disse che l'indomani sarebbero arrivati in albergo due guerriglieri a fornirci di tutte le armi di cui avremmo avuto bisogno e a darci ulteriori informazioni per portarlo a termine.
A quel punto gli dissi: "Bisogna avvertire Wislow e Mason, devono saperlo."
"No, non questa volta." mi rispose Villanueva.
"Perché? Devono sapere cosa stiamo per fare, ci hanno dato l'ordine di informarli di ogni nostra mossa."

"Questa volta dobbiamo farlo da soli. Loro non possono aiutarci. Se li avvertiamo, rischiamo di trovarci per la seconda volta con la polizia alle costole, e a quel punto i messicani capirebbero che li abbiamo informati noi. Rifletti ragazzo: prima il camion, adesso questo.. I messicani non ci cascheranno due volte. Riguardo a quello che è successo poche ore fa con la droga che trasportavamo, potrebbero anche convincersi che la polizia abbia solamente avuto un colpo di fortuna a trovarci, ma la polizia non può essere sempre così fortunata. Ricordati che i guerriglieri ci controllano, monitoreranno sicuramente la situazione da dove non potremo vederli. Dobbiamo essere prudenti e agire con astuzia. Fare tutto da soli è un rischio, lo so, ma non abbiamo alternative."
Capii che aveva ragione ed annuii con la testa. Non ci fu bisogno di dire nient'altro. Sapevamo cosa dovevamo fare e come dovevamo farlo. Il dove e il quando lo avremmo scoperto l'indomani.
Trascorremmo l'intero pomeriggio in stanza a riposare, fino all'ora di cena, quando, verso le nove, riscendemmo nuovamente le scale per raggiungere il piano terra dell'hotel e ci risedemmo allo stesso tavolo per due di qualche ora prima. L'albergatore, come ci vide, si avvicinò per farci ordinare ed io scelsi ancora una volta i maccheroni al formaggio, mentre Villanueva, questa volta, ordinò i burritos, delle tortillas ripiene di fagioli, differenti dai tacos, che invece sono delle tortillas ripiene di carne.
Mentre aspettavamo di essere serviti, la radio, sempre accesa, era sintonizzata sui canali radiofonici messicani, che trasmettevano canzoni di vario genere, assieme a notizie di sport e gossip. Dalla cucina dell'hotel usciva un profumo di carne e formaggio che mi ricordava i piatti preparati da mia madre in occasione delle festività importanti, quando eravamo soliti riunirci con i nostri parenti per pranzare tutti insieme e raccontarci aneddoti divertenti, com'è da tradizione in qualsiasi

giorno di festa. Nonostante la situazione in cui mi trovavo, questa atmosfera, che in un certo senso avrei definito "allegra", mi metteva di buon umore, facendomi dimenticare per qualche istante tutte quelle scene orribili a cui avevo assistito nei giorni precedenti.
Dopo la cena, io e Villanueva potemmo goderci il resto della serata in santa pace, assieme all'albergatore, il quale, nel frattempo, non avendo dovuto accogliere nessun altro cliente (d'altronde, chi sarebbe potuto venire in un hotel come quello?), era venuto vicino a noi e si era seduto al nostro tavolo per fare due chiacchiere.
Si chiamava Tito, era un uomo sulla cinquantina, di altezza media e parecchio in carne; la carnagione scura lasciava intuire le sue origini sudamericane, così come il modo in cui mi parlava in inglese, con un'evidente cadenza spagnoleggiante che quasi mi fece ridere, nonostante apprezzassi il suo sforzo di esprimersi in una lingua che, stando a ciò che ci raccontava, conosceva molto poco e parlava solo occasionalmente, o per meglio dire, nelle rare occasioni in cui dei cittadini statunitensi entravano nel suo piccolo albergo.
Per quanto poco lo conoscessi, aveva suscitato in me una buona impressione: mi sembrava una persona buona e gentile con tutti, e mi stupiva che anche lui fosse a contatto con quel mondo corrotto, violento, e bagnato dal sangue di molti innocenti, come quell'individuo che avevo dovuto fare a pezzi per salvarmi la vita.
Tito, nelle due ore che trascorremmo con lui, ci raccontò la sua intera vita: non era nato in Messico, era colombiano, di Bogotà. Anche lui, come migliaia di suoi connazionali, era stato costretto a trasferirsi in Messico, ed aveva dovuto sborsare quasi tutti i suoi risparmi al cartello dei Los Zetas per poter raggiungere, clandestinamente, gli Stati Uniti.
"Quando approdai in Messico me ne andai nella città di Juárez con l'intenzione di lavorare, ma quella città era un inferno:

ogni giorno morivano più di trenta persone, non ci si poteva vivere. Così mi sono trasferito a Tijuana e da lì ho oltrepassato il confine. Ed eccomi qui: da dieci anni mi trovo qui in questo piccolo hotel, sono diventato il proprietario solo dopo la morte del vecchio gestore, che non avendo nessuno a cui affidarlo, me lo ha lasciato, anche in virtù della forte amicizia che avevamo instaurato. Lavoro ogni giorno per provare a rendere questo posto un po' migliore. Ma con questa guerra, non so quanto l'albergo rimarrà aperto. Siamo solamente in quattro qui ad occuparci di tutto, e già due dei miei ragazzi se ne vogliono andare: non vogliono rischiare di restare coinvolti in sparatorie o azioni di guerriglia urbana." E quasi in lacrime aggiunse: "e come posso biasimarli?! Io per primo ho visto la violenza, la fame, ed il pericolo di vivere ogni giorno della mia vita come fosse l'ultimo. Non voglio che accada anche a loro."
Dopo queste parole, Villanueva gli chiese: "Perché fai entrare i membri dei cartelli gratuitamente?"
"Gratuitamente? No! Il tuo capobanda mi pagherà quando voi ve ne andrete, non mi lascerà senza niente. Dopotutto, io gli servo, così come a me servono i suoi soldi. E poi, beh, i cartelli mi hanno salvato la vita, chissà dove sarei ora, se non li avessi pagati per farmi trasportare qui."
La storia di Tito mi aveva commosso: era una persona buona, e provavo pena per quell'uomo, catapultato in un mondo dove c'è spazio solo per i corrotti, gli assassini, i violenti, ma di certo non per i buoni, e nonostante ciò, volevo sperare che in qualche modo sarebbe riuscito ad avere una vita migliore di quella che si era costruito con tanti sacrifici, tra i quali, primo fra tutti, iniziare una nuova vita e ricominciare da zero in un Paese come gli Stati Uniti d'America, che non conosceva affatto: una scelta di cui ben presto aveva dovuto assumersi tutte le conseguenze, tra cui imparare una nuova lingua (che peraltro non sapeva bene nemmeno dopo dieci anni dal suo arrivo), ed adattarsi a una cultura completamente differente

dalla sua.

Il racconto di Tito mi fece pensare a me stesso, e a quanto ero stato fortunato a nascere in America, dove la popolazione non ha bisogno di emigrare in altri Stati per costruirsi una vita migliore.

Dopo aver chiacchierato, decidemmo di andare a dormire ed aspettare il giorno successivo, quando sarebbero arrivati i guerriglieri a consegnarci le armi che ci sarebbero servite per ammazzare quel membro del cartello di Sinaloa.

Mentre salivamo in camera, il mio cellulare squillò: era Mason. Subito entrai nella stanza e chiusi la porta, e non appena fui certo che nessuno tranne Villanueva mi sentisse, risposi.

"Pronto?"

"Sono Mason, volevo comunicarti che abbiamo sequestrato la cocaina che trasportavate. Entrando nel camion non avevamo trovato nulla, ma avevano riempito i serbatoi, la targa, ed anche il cruscotto. Si stanno facendo sempre più scaltri nel nascondere la droga questi bastardi. Avete fatto un ottimo lavoro, continuate così."

A quel punto ebbi la tentazione di dirgli che l'indomani dovevamo svolgere un nuovo lavoro, ma convincendomi che non sarebbe servito a nulla, se non a metterci ulteriormente in pericolo (come Villanueva mi aveva detto poche ore prima), mi limitai a rispondere: "Grazie", e chiusi la telefonata, cancellandola immediatamente dal registro delle chiamate.

Passammo una notte abbastanza tranquilla, ed il mattino seguente ci svegliammo verso le otto. Verso le nove arrivarono i guerriglieri: avevano un'aria molto seria, ed entrarono nell'albergo con passo spedito.

Nel frattempo, noi li aspettavamo nella nostra stanza, che raggiunsero nei due minuti successivi. Bussarono alla porta e, quasi gridando, chiamarono Villanueva, che si sbrigò ad aprire.

Uno di loro aveva un borsone nero, e non appena entrarono lo mise sul letto centrale della camera e lo aprì: all'interno

c'erano due mitragliette, un coltello e persino un machete. Pensai che c'era un altro problema da risolvere: non sapevamo che faccia avesse quell'uomo, né dove e come trovarlo. A quel punto, come se mi avesse letto nel pensiero, l'altro guerrigliere tirò fuori dalla tasca un fascicolo, che mi diede da leggere: Ernesto Suarez Mejìa, trentadue anni, alto un metro e settantacinque, con precedenti per spaccio, abusi sessuali, e violenze su minori (ed ora, anche omicidio multiplo). "Insomma, un uomo perbene, proprio come quelli che mi circondano", pensai ironicamente fra me e me. La foto rappresentava un uomo calvo, con il tatuaggio di un cobra sul lato sinistro della testa, e una pistola su un lato destro.
Nel fascicolo non era presente alcun indirizzo, ma un guerrigliere ci disse: "Se volete trovarlo più in fretta, cercatelo nelle case chiuse. È lì che va quando non spaccia. Se lo vedete in giro, accertatevi che non ci sia nessun'altro, altrimenti dovrete uccidere tutti i testimoni. Tra mezz'ora arriveranno i rinforzi, che vi seguiranno per intervenire se ci sono problemi, o per prendere il corpo una volta che avrete svolto il lavoro. Vi abbiamo detto tutto, ora tocca a voi. Buona fortuna muchachos."
Quando finalmente se ne andarono, io e Villanueva potemmo vestirci raggiungere il piano terra per mangiare qualcosa. Nel poco tempo che ci restava, ci preparammo psicologicamente all'incarico che ci aspettava. All'apparenza il compito non era difficile, ma dovevamo comunque stare attenti: se quell'uomo era già riuscito a mettere fuori gioco quattro soldati di un cartello rivale, era sicuramente capace di farlo di nuovo. Era evidente che non aveva paura di nulla, o che tutto gli era sempre andato per il verso giusto.
Ad un tratto sentimmo due macchine parcheggiare davanti all'albergo: erano arrivati quattro uomini, tre sulla prima macchina, un SUV grigio blindato, e uno sulla seconda, un'utilitaria di color rosso bordò. Appena scesero, ci trovarono

già pronti davanti all'entrata dell'hotel e ci fecero salire dentro il SUV, sui sedili posteriori.
Erano quasi le dieci, ed il cielo era ricoperto di nuvole. Mentre ero in viaggio, sentii il rumore dei tuoni e vidi in lontananza qualche lampo: sembrava che anche il cielo sapesse che tra non molto qualcuno sarebbe morto, e si preparava ad accoglierlo con una pioggia incessante, tuoni e fulmini, come se non fosse un semplice uomo che doveva morire, ma una creatura divina scesa sulla Terra sotto mentite spoglie, una sorta di Achille dell'età contemporanea che non poteva sfuggire all'ineluttabilità del fato.
Viaggiammo per una mezz'ora abbondante, fino ad arrivare in un paesino chiamato Peacock Hill, una piccola cittadina che non faceva parte del territorio di nessun cartello. C'erano molti edifici andati in rovina, tra cui una vecchia fabbrica che produceva ricambi per automobili ed una discoteca abbandonata dal nome "Why not". L'insegna del locale era ancora visibile, i muri erano imbrattati da scritte e disegni, realizzati da vandali o artisti di strada che volevano esprimere il proprio stile.
Le strade erano piene di sporcizia e prostitute, che non temendo l'arrivo della polizia lavoravano anche durante il giorno, e a pochi passi dei bambini giocavano fra loro.
Potevo vedere il degrado dell'umanità concentrato in quella piccola cittadina, pensai che non avevo mai visto niente di simile (e non avevo ancora visto tutto!). Ad un certo punto il SUV si fermò di fianco ad un piccolo locale (uno dei pochi non caduti in rovina), davanti al quale c'era una prostituta che vedendoci, si avvicinò alla macchina, ed invitò il guidatore a farla salire. Lui accettò e mi disse di aprire la portiera della macchina. Malgrado non volessi, lo feci, e me la ritrovai seduta affianco.
Era una donna bionda con gli occhi azzurri, molto giovane: credo che avesse meno di venticinque anni, forse poteva essere

una mia coetanea, e lei sembrò pensare la stessa cosa di me, perché appena mi vide mi guardò con un'espressione quasi stupita, come a chiedersi perché mai un ragazzo tanto giovane si trovasse in mezzo a dei criminali (che sembrava conoscere bene) che avevano in media dieci anni più di lui.
"Hola, Marika, come stai?" disse il guidatore, e proseguì "hai novità?"
La ragazza, senza alcun timore, le rispose: "Sì. Ho scoperto dove sta quell'uomo che volete ammazzare. È proprio in questa città, in una casa chiusa ad un paio di isolati. Prima era passato anche di qui. Stava vendendo delle dosi ai tossici davanti alla discoteca."
"Bene, sei stata brava Marika." Le rispose l'autista, ma lei lo interruppe: "Non so se sia armato, ma a pochi metri di distanza ho visto due moto che lo seguivano. Non so per quale motivo gli stessero dietro, ma di certo non per ucciderlo. Potrebbe essere la sua scorta personale, tenete gli occhi aperti."
Il guidatore (di cui non conoscevo nemmeno il nome), con aria soddisfatta, mi disse: "Hai visto muchacho? Abbiamo occhi e orecchie dappertutto", ed accarezzando il viso delle ragazza, aggiunse: "spesso anche le persone più innocenti possono rivelarsi letali.. ed è esattamente così che deve essere.. in questo mondo non c'è futuro per i buoni ed i più deboli.."
Sebbene mi facesse schifo sentire certe parole, capivo che il guidatore non diceva nient'altro che la nuda e cruda verità, così come prima di lui (e di tanti altri) l'aveva detta Charles Darwin, quando affermava che, per sopravvivere in un mondo in evoluzione, le varie creature dovevano modificare le loro caratteristiche per potervisi adattare e non estinguersi. L'uomo è il primo a fare questo, e bastava che guardassi me stesso per capire che era veramente così.
Dopo aver ottenuto le informazioni di cui aveva bisogno, il guidatore proseguì per circa duecento metri e girò in un vicolo nascosto, dove scaricò la ragazza e la pagò. Poi le disse: "Abbi

cura di te, Marika.", e lei gli rispose: "State attenti. È uno pericoloso."
Il nostro viaggio stava per terminare, perché ad un paio di chilometri avremmo trovato l'uomo che dovevamo eliminare. Io e Villanueva, che fino a quel momento non aveva fatto altro che guardare fuori dal finestrino, iniziammo ad armarci: indossammo una giacca dentro la quale nascondere le mitragliette ed afferrammo le armi.
L'auto si fermò davanti ad un locale dal nome "Come in".
Era un edificio a due piani, con due finestre al piano superiore. Da fuori si sentiva il rumore della musica: sembrava che ci fosse una festa. Per uno spacciatore non poteva presentarsi occasione migliore per vendere droga a dei ragazzini che vivono in una cittadina così degradata, per poi spendere tutto con una prostituta! Sì, Suarez Mejìa doveva trovarsi proprio lì.
Capii che era arrivato il nostro momento. Prima che scendessimo, il guidatore ci disse: "Ammazzatelo e uscite di corsa. Io vi aspetterò duecento metri più avanti. Se tra 10 minuti non sarete usciti, interverranno i rinforzi."
Io e Villanueva annuimmo con la testa e scendemmo dalla macchina. Ci addentrammo nel locale con aria tranquilla, per non destare sospetti, e chiedemmo ad uno dei baristi che stavano lì al bancone dove si trovasse Mejìa, con il pretesto di dover comprare una dose di cocaina. Il barista, un ragazzino che poteva avere non più di sedici anni, ci indicò con il dito il soffitto, per dirci che si trovava al piano superiore nella stanza numero 2. Appena vedemmo le scale, le salimmo immediatamente per raggiungere la camera.
Una volta terminato di salire quella rampa di scale, infilammo un paio di guanti in lattice e ci mettemmo ai lati della porta della stanza, dalla quale si sentivano i gemiti di piacere di una donna e di un uomo che stavano avendo un rapporto sessuale.
Con voce bassa, Villanueva mi disse: "Io sfondo la porta, tu prendi la mira e fallo secco". Io annuii con la testa.

Contammo fino a tre, ed a quel punto Villanueva sfondò la porta con un calcio e si abbassò di colpo. Mejìa cercò di afferrare la pistola, ed io sparai una raffica di colpi micidiale, che non gli diede nemmeno il tempo di urlare per il dolore. Fortunatamente la prostituta che era con lui aveva fatto a tempo ad abbassarsi e non era stata colpita. Appena vide quella scena, però, la ragazza cacciò un urlo tremendo, che fece attirò l'attenzione delle ragazze delle tre stanze accanto, le quali uscirono per vedere cosa fosse successo.
Tutto era accaduto in pochi secondi, lo avevamo ucciso a sangue freddo, come ci era stato ordinato di fare. Alla vista di quelle donne, Villanueva tirò fuori la mitraglietta in modo minaccioso, e ordinò loro di ritornare nelle loro camere. Queste, temendo per la loro vita, obbedirono al comando, e in un attimo tre porte si chiusero contemporaneamente.
Villanueva, allora, prese il machete ed amputò entrambe le mani a quel corpo senza vita e le mise dentro ad un sacchetto di plastica che nascose sotto la giacca. Poi io, con il coltello, gli incisi sul petto le iniziali "DR". Abbandonammo sia il coltello che il machete ed uscimmo dal locale, dove la gente, ignara, stava ancora ballando ed ascoltando la musica, troppo alta perché il rumore della mia mitraglietta potesse essere sentito fino al pianterreno. Appena uscimmo dal locale, però, una raffica di colpi ci sfiorò: erano i due tizi in motocicletta, di cui aveva parlato Marika, che ci avevano scoperti e volevano eliminarci. Fortunatamente per noi, i nostri rinforzi, che stavano monitorando la situazione dall'altra parte della strada, corsero ad aiutarci, ed uccisero anche loro.
Corremmo per circa duecento metri, dove il nostro guidatore ci aspettava, salimmo dentro al SUV, e partimmo di corsa per allontanarci dal luogo del delitto che avevamo appena commesso. Fummo riportati all'albergo, ed al momento di scendere Villanueva tirò fuori le mani amputate di Suarez Mejìa, lasciandole sul sedile posteriore della macchina,

assieme alle mitragliette, che dovevano essere fatte sparire. Fummo pagati millecinquecento dollari a testa per quel lavoro, ed in più, ci fu data una ulteriore somma di cinquecento dollari, che dovevano andare a Tito per ordine del capobanda. Appena entrammo nell'albergo Villanueva pagò Tito e di corsa salimmo le scale ed entrammo nella nostra stanza per lavarci. Una volta finita la doccia, ci stendemmo sul letto per riposare. Per quanto cercassi di non pensarci, continuava a tornarmi in mente il sangue che sgorgava dal corpo di quell'uomo un attimo dopo che gli avevo sparato. E come se non bastasse, rivivevo come in un continuo flashback la scena dell'amputazione delle mani e dell'incisione delle lettere sul corpo di quello spacciatore: mi sembrava di rivedere continuamente lo spezzone di un film horror che io stesso, con l'aiuto di Villanueva, avevo contribuito a mettere in scena. Non riuscii a pensare ad altro per tutto il resto della giornata, e decisi persino di saltare il pranzo, perché l'idea di aver ucciso qualcuno per la seconda volta mi faceva star male, e non solo mentalmente, ma anche fisicamente. Mi domandavo come avevo fatto a non vomitare alla vista di Villanueva che, con un colpo di machete, tagliava le mani a quell'uomo, e l'unica risposta che ero riuscito a darmi era: "Sarà stato per l'agitazione che provavo in quel momento, avevamo molta adrenalina in corpo, non c'era tempo per le debolezze di stomaco".
Dovetti aspettare fino a sera perché quelle scene si facessero meno vivide nella mia mente. Mi stavo pian piano rendendo conto di stare perdendo la razionalità che caratterizza l'essere umano, per sostituire a questa l'istinto animale, disposto a qualsiasi efferatezza e brutalità per sopravvivere. Anch'io, come tutti i guerriglieri che mi circondavano, come Villanueva, e anche come quello spacciatore che avevamo ucciso, eravamo cambiati, avevamo compiuto quella trasformazione di cui Darwin ci parla nel suo famosissimo "Sull'origine della specie", e tutto questo solo per non soccombere.

Riflettere su come stavo cambiando mi faceva venire il voltastomaco, perché era chiaro che stavo diventando qualcosa di completamente diverso da ciò che ero prima, o da quello che avrei voluto essere in futuro, ed era ancor più evidente che in qualunque cosa mi stessi trasformando, era di gran lunga peggiore di ciò che mi aspettavo di diventare. Era un processo, iniziato quando mi avevano costretto per la prima volta a fare a pezzi quell'innocente nella palazzina, ed intento a svilupparsi dentro di me, fino a che uccidere sarebbe stato lo scopo principale della mia vita, come un leone che passa dal giocare con gli altri cuccioli all'imparare a cacciare, e quando arriva il suo momento, tutta la forza bruta che è dentro di lui si scatena: azzanna le sue prede alla gola, e poi le stringe talmente forte da non lasciare loro nemmeno il tempo di osservare per l'ultima volta il mondo che stanno per abbandonare, per essere vittime della catena alimentare, che le pone tra le creature più deboli e facili da uccidere.
Arrivò l'ora di cena, ed io, che avevo saltato il pranzo, avevo una fame da lupi: scesi subito le scale, e mi ritrovai al pianterreno dell'hotel dove, come al solito, mi accolse Tito. Villanueva stavolta non era venuto con me, aveva preferito saltare la cena e mettersi a dormire, nonostante fossero solamente le otto e mezza della sera.
Questa volta ordinai delle alette di pollo e dei burritos, che mi furono serviti dopo circa una ventina di minuti.
Mentre mangiavo la radio trasmise la notizia del ritrovamento di un uomo con le mani amputate e con un'incisione sul petto, e la mia espressione si fece seria.
Tito, che si era seduto vicino a me, aveva sentito la radio, e per qualche minuto non mi aveva detto una parola. Poi iniziò a parlare: "Che ti succede ragazzo?" Io non risposi per qualche istante, poi gli dissi: "Siamo stati noi, Tito. Lo abbiamo fatto noi.."
A quel punto, mi rispose: "Avete ucciso uno spacciatore, ed un

assassino, figliolo. Qualunque cosa gli abbiate fatto, non avete motivo di vergognarvi. Il cammino che hai scelto è fatto solo di sangue. Ora devi pensare a proteggere te stesso. Avete messo a tappeto un soldato del cartello di Sinaloa. Vorranno pareggiare i conti. Con questo omicidio avete decretato l'inizio di una guerra, e che ti piaccia o meno, la scia di sangue si allungherà. Quando ero a Juárez, ogni santo giorno, c'era un regolamento di conti e da ogni parte si sentivano i rumori degli spari: le ambulanze non riuscivano a tenere il ritmo degli omicidi. Il caos regnava sovrano in quella città, ed ora i cartelli vogliono espandersi qui, perché il territorio messicano non gli basta più. Porteranno il caos anche qui, e quando lo faranno, dovrai essere pronto, ragazzo.". A quel punto si alzò, e se ne andò. Io nel frattempo terminai la mia cena e risalii in camera per dormire. Senza fare rumore, aprii la porta della stanza, dove Villanueva stava già dormendo, e mi stesi sul mio letto.

Ad un certo punto, però, il cellulare del mio compagno squillò e lui, irritato per essere stato disturbato, lo prese e rispose alla chiamata: era il capobanda, che oltre a complimentarsi per il lavoro svolto, ci voleva affidare un nuovo incarico, e che ci avvisava che il giorno seguente dovevamo essere pronti a lasciare l'albergo: sarebbe venuto lui di persona a prenderci, assieme ai suoi uomini. Si trattava di un compito pericoloso, che dovevamo svolgere in Messico, a Juárez: si tratta di rubare un carico di armi ad una gang affiliata all'omonimo cartello.

Appena sentii il nome di quella città, mi alzai di colpo dal letto, e non potei trattenermi dal chiedere a Villanueva di avvertire Mason o Wislow, ma anche stavolta si dimostrò contrario. Mi disse: "A cosa servirebbe? Juárez si trova in un territorio in cui l'esercito americano non ha giurisdizione. Non potrebbero aiutarci in nessun modo. Dobbiamo cavarcela da soli". Per un attimo persi il controllo, e risposi: "Carlos, in quello schifo di città muoiono trenta persone al giorno. Donne, bambini, tanti

innocenti che vengono strappati a questo mondo anche solo per trovarsi al posto sbagliato nel momento sbagliato. Non hai sentito ciò che ha detto Tito su quel posto? Chiediamo una squadra che ci segua e monitori ogni nostra mossa senza farsi notare. Mi sentirei più sicuro. Non voglio farmi ammazzare, e non voglio trovarmi isolato in un territorio che non conosco."
A quel punto, Villanueva annuì: anche se non era convinto di questa scelta, prese il cellulare e chiamò Mason, il quale, rispose subito:
"Pronto, Carlos!"
"James, ho bisogno di una task force dalle forze speciali che monitori me e Scott. Dobbiamo svolgere un nuovo incarico."
"Che tipo di incarico?"
"Rubare un carico d'armi al cartello di Juárez"
"Fateci sapere dove e quando. Vediamo che posso fare"
"Mi serve pronta per domani, James. Riguardo al luogo, la notizia che sto per darti non ti piacerà: andiamo in Messico, stavolta dobbiamo uscire dal Paese. So che gli Stati Uniti non hanno giurisdizione in quei territori, d'altronde, nemmeno la loro polizia ed il loro esercito hanno molto potere, ma non vogliamo rischiare di essere troppo esposti."
"Carlos, mi serve del tempo per darti una squadra di questo tipo. E poi se li mandassimo con voi in Messico che potrebbero fare?"
"Ci guarderebbero le spalle senza farsi notare dai messicani, ed interverrebbero solo in caso di problemi."
"D'accordo, ora mi metterò al lavoro per darti quello che vuoi. È una missione suicida, capisco perfettamente le vostre ragioni. Rintracceremo il tuo cellulare per trovarvi. Buona fortuna ragazzi, passo e chiudo." La telefonata si concluse, ed io, soddisfatto e sollevato, mi sdraiai e mi misi a dormire.
Trascorsi una notte molto lunga, pensando ai racconti di Tito su Juárez: era considerata la città più pericolosa al mondo, e non avendola mai vista prima, l'immagine di un girone infernale

abitato da assassini e cadaveri era l'unico modo per immaginarmela. L'idea di doverci andare mi faceva rabbrividire. Tuttavia, era ciò che dovevo fare, e non potevo rifiutarmi. L'unica consolazione stava nel fatto che fortunatamente avremmo avuto una task force a proteggerci.

Quando mi addormentai erano circa le quattro del mattino, ed ebbi molto poco tempo per riposare sia la mente che il corpo.

Verso le otto e mezza fui svegliato da Villanueva, che mi ordinò di prepararmi per la missione. Mi vestii e presi con me la pistola. Verso le nove arrivò il capobanda, accompagnato dai guerriglieri. Era giunto il momento: l'inferno di Juárez ci aspettava.

5. JUAREZ

Fummo mandati a chiamare da due dei suoi uomini, e in un attimo ci ritrovammo all'interno di una Mercedes di color nero, seguita da un furgoncino blindato. A causa del traffico, impiegammo circa tre quarti d'ora per raggiungere il confine con il Messico, e quando arrivammo alla frontiera, un lavavetri di chiare origini latinoamericane fece un cenno con la testa al guidatore della vettura in cui sedevamo, indicandogli in quale fila mettersi per sfuggire più facilmente al controllo della polizia, o per subirne uno poco accurato da parte di agenti meno "svegli".
La frontiera era colma di ragazzini come quello: si spacciavano per lavavetri, ma ognuno di loro era legato ad una gang affiliata ai cartelli della droga, ed il loro compito era proprio quello di far passare attraverso il confine enormi quantità di droga, soldi, armi, ed addirittura persone: anche l'immigrazione clandestina faceva parte del business di queste organizzazioni criminali, e lo stesso Tito ne era un esempio lampante.
 Il capobanda, che sedeva con noi dentro il Mercedes, era già noto alle forze dell'ordine statunitensi: era ricercato per spaccio, omicidio, e violenze sessuali, e per questo motivo ogni volta che arrivavamo alla frontiera indossava dei baffi finti e degli occhiali da sole per non essere riconosciuto, almeno nel territorio americano: in Messico, invece poteva girare libero, senza alcun problema, perché la maggior parte delle forze di polizia messicane lo temeva, e spesso lo proteggeva per non inimicarselo. Il suo nome era Juan Salazar, ma tutti lo chiamavano "el general" (il generale), ed era facile capire il perché: era uno degli uomini d'onore del cartello dei Diablos Rojos, ed i suoi uomini erano stati reclutati dalle forze speciali messicane, che si facevano corrompere per soldi (eh già, il denaro, l'unico vero Dio dell'uomo).
Una volta entrati in Messico, Salazar comandò al guidatore

della sua Mercedes di accostare nella prima zona deserta che trovava, per pianificare una strategia con i suoi guerriglieri, i quali, nel frattempo, ci avevano seguito all'interno del furgoncino. Ci fermammo davanti ad un distributore di benzina, abbastanza distante dalla dogana, a circa cinquanta chilometri da Juárez.
Dal furgoncino scesero sei guerriglieri, che distribuirono a me e Villanueva una divisa militare tutta nera. Appena la vidi, mi girai verso il mio compagno, e lo guardai come per chiedergli se sapesse a cosa ci servissero quei vestiti. La risposta a questa domanda mi fu data da Salazar, con sole tre parole: "Agirete di notte".
A quel punto gli chiesi: "Dove si trova il deposito esattamente?" al ché mi rispose: "No tienes que preocuparte hombre", ed aggiunse: "i miei uomini lo sanno e vi ci porteranno stasera. Dovrete essere veloci. Non si devono accorgere che stiamo rubando le loro armi, perché se vi beccano, siete tutti morti. Siamo in casa loro, muchachos, e non siamo ospiti graditi." Poi si rivolse a due dei suoi uomini: "Josè, Jesùs, voi li aiuterete con il carico, e li proteggerete. Non voglio perdere nessuno stanotte. Gli altri, invece controlleranno che il posto non sia presidiato da troppe guardie, e se ci sono, le ammazzate e nascondete i corpi. Non dobbiamo fare rumore, voglio che tutti abbiano un silenziatore sulla loro pistola."
Non conoscevo il posto da cui avremmo dovuto prelevare quelle armi, e non sapevo nemmeno che tipo di armamenti avremmo dovuto rubare al cartello di Juárez, e questo mi rendeva ansioso, perché dovevo portare a termine un incarico di cui non sapevo praticamente nulla.
Tuttavia, Salazar non ci disse più niente: evidentemente riteneva di essere stato chiaro su cosa dovevamo fare ed anche sul come dovevamo farlo. Eravamo a circa settanta chilometri da Juárez, ed erano già le undici e mezza. Viaggiammo ancora per un'ora e mezza, e quando arrivammo a destinazione, la

prima scena che vidi davanti a me, fu quella di un'ambulanza parcheggiata in mezzo alla strada, con dei medici che stendevano un telo di plastica sopra un cadavere, mentre la folla, pian piano, si avvicinava alla scena per vedere che cosa fosse successo. Da quel che riuscivo a vedere sui volti di quella gente, erano così spaventati che sembrava fosse la prima volta che vedevano un omicidio in tutta la loro vita, quando in realtà era risaputo che a Juárez le sparatorie erano all'ordine del giorno, e quotidianamente morivano dalle venti alle trenta persone. Mi lasciarono a dir poco allibito quelle facce dall'espressione impaurita, che rifletteva non solo la loro impotenza di fronte a ciò che succedeva ogni giorno in quella città, ma anche la mancanza di volontà a ribellarsi a questa situazione, a cercare una via d'uscita da quel tunnel bagnato dal sangue di persone spesso innocenti. Sembrava che gli abitanti di Juárez avessero deciso di perdere ogni residuo di umanità e razionalità che contraddistingue l'uomo dalle altre specie animali, per trasformarsi in qualcosa di più primitivo, di meno evoluto, qualcosa che non può essere definito umano.
Girando la testa, prima a destra, poi a sinistra, vedevo scritte di ogni genere realizzate con la vernice sui muri delle case, che sembravano delle grotte in cui qualche uomo primitivo aveva dipinto una pittura rupestre. Le strade erano piene di rifiuti e sporcizia, i cartelli dei segnali stradali portavano i segni degli atti di vandalismo di teppisti che con la vernice li coloravano o realizzavano addirittura dei disegni sopra di essi.
Man mano che il Mercedes in cui mi trovavo proseguiva il suo viaggio (dove, non lo sapevo) avevo sempre più la sensazione di addentrarmi in un mondo regolato dalla legge del più forte, in cui le regole che vigevano nel mondo contemporaneo non esistevano, o se esistevano venivano ignorate. E ciò accadeva sia perché ai più forti lo sprezzo di queste regole faceva comodo, sia perché i più deboli non avrebbero potuto ribellarsi, o forse, anche se ne avessero avuta la possibilità, non

avrebbero nemmeno preso in considerazione l'idea di farlo.
Nella mia mente, Juárez rappresentava (sempre di più mano a mano che la osservavo) l'involuzione della civiltà umana fino ad uno stato primordiale di cui non conoscevo i meccanismi, e questo mi preoccupava non poco.
Nel frattempo, all'interno della Mercedes il silenzio regnava sovrano; Villanueva guardava fuori dal finestrino, mentre io, che ero seduto sul sedile centrale posteriore, continuavo ad osservare la strada, quando ad un certo punto sentimmo degli spari: sulla carreggiata opposta rispetto alla nostra, scorgemmo una vecchia utilitaria bordò ed un attimo dopo vedemmo due ragazzi che, uscendo da una piccola abitazione, la raggiungevano di corsa per scappare prima dell'arrivo della polizia. Salazar, che era seduto sul sedile anteriore (quello del passeggero) e che come noi aveva sentito gli spari, non si era nemmeno voltato per vedere cosa fosse successo. Per lui le sparatorie e gli omicidi erano non solo una cosa normale, ma anche la sua ragione di vita, e molto probabilmente anche il motivo per cui era diventato un uomo d'onore dei Diablos Rojos: la violenza nell'uccidere una persona, infatti, rappresentava molto spesso una prova di coraggio, devozione alla propria organizzazione e di sprezzo verso i cartelli rivali e verso chi si mettesse contro i narcotrafficanti (ed in Messico quelli che avevano abbastanza coraggio per farlo erano assai pochi).
Ad un certo punto, ci fermammo davanti all'Hotel Colonial di Juárez, un albergo a quattro stelle in centro città, e Salazar ci disse: "Ho già prenotato una camera per voi due. Oggi starete qui. Questa sera i miei uomini verranno qui alle undici: fatevi trovare pronti." Detto questo, ci ordinò di scendere dall'auto, e ci lasciò davanti a quell'albergo. Come entrammo, mi parve di aver varcato l'uscio del paradiso: la prima cosa che vidi furono due Mercedes nere ed una Lamborghini bianca nel parcheggio dell'hotel, giusto per far capire che questo posto era riservato

ad una clientela ricca, e mi resi conto, una volta di più, di quante risorse aveva il cartello dei Diablos Rojos (e in generale tutti i cartelli della droga) per spostare i suoi soldati da un luogo all'altro come pedine in una scacchiera, armandoli con i migliori armamenti possibili. La struttura dell'hotel, che era diviso in due piani ed aveva una forma quadrangolare chiusa su tre lati su quattro, lo faceva sembrare una specie di fortezza, all'interno della quale c'era un cortile con due magnifiche piscine attorniate da palme gigantesche. Le piante del giardino erano molto ben curate, l'erba del prato era tagliata talmente bene, che se non fosse stato per le piscine e le palme, avrei creduto di essere in un campo da calcio della Major League Soccer (il campionato statunitense di calcio), anche perché qui, in Messico (ed in tutto il sud America in generale), di calcio se ne intendono eccome! La sala d'accoglienza era stata arredata di tutto punto, con tavolini di vetro e poltroncine rivestite in pelle di colore nero. Appena io e Villanueva entrammo all'interno della struttura, fummo avvicinati da una ragazza che si occupava dell'accoglienza dei clienti, la quale ci salutò e ci disse prontamente il numero della stanza in cui avremmo dovuto sistemarci: era evidente che conosceva Salazar, perché ci aveva indicato in che camera andare senza che io e Villanueva avessimo il tempo di dirle che ne era già stata prenotata una per noi.
Nel frattempo, Mason non ci aveva dato nessuna notizia della squadra d'assalto che avrebbe dovuto seguirci in incognito senza farci saltare la copertura. Questo mi metteva in ansia, perché temevo che potessero essere stati bloccati o addirittura scoperti dal cartello. Tuttavia, cercavo di non pensarci, concentrandomi piuttosto sull'incarico che avrei dovuto svolgere quella notte insieme ai guerriglieri del cartello, consapevole del fatto che sarebbe stato molto difficile portarlo a termine ed uscirne vivo ed illeso.
La nostra stanza, la numero 39, si trovava al secondo piano, e

la raggiungemmo usando l'ascensore. Come entrammo ci trovammo davanti a due grandi letti matrimoniali, davanti ai quali c'era un soprammobile con sopra un televisore a quarantadue pollici. In fondo alla camera c'era un'unica grande finestra che dava accesso ad un ampio balcone, da cui si poteva vedere il cortile. Ero a dir poco meravigliato di come una città come Juárez, martoriata da omicidi, sparatorie, e guerre di droga, potesse offrirmi, in così poco (perché alla fine, di un hotel si trattava), tanto lusso e tanto piacere per i miei occhi, che si erano ormai rassegnati a dover vedere tutt'altro.
La prima cosa che decisi di fare fu aprire la finestra ed accedere al balcone per godermi la vista del cortile e delle piscine. Sulla terrazza trovai un paio di sedie ed un tavolino in metallo, e mi sedetti. Nel frattempo, un paio di ragazze erano uscite dalla loro stanza in costume e si erano tuffate in piscina per fare il bagno. Erano giovani, così come lo ero io, ma la loro spensieratezza suscitava in me una forte invidia, tanto che avrei voluto anch'io tuffarmi in quella piscina per fare due chiacchiere. Non potendo, cercai di godermi la vista di quelle due giovani donne in costume, focalizzando la mia attenzione sulle loro curve, che le avrebbero rese desiderabili a molti uomini.
Da ormai molti mesi non pensavo più ad avere una fidanzata: dopo la morte dei miei genitori la vendetta era diventata l'unica ragione e l'unico scopo della mia vita, tanto che anche le ragazze, alla compagnia delle quali non rinunciavo mai durante gli anni del college, erano passate in secondo piano.
Erano le due passate, ed io e Villanueva avevamo fame, così decidemmo di uscire dalla camera, per pranzare. Raggiungemmo il pianterreno con l'ascensore, uscimmo dall'albergo ed entrammo un piccolo ristorante messicano, dove ordinai la prima pietanza che lessi sul menù, le fajitas di pollo, delle tortillas di grano ripiene di carne, peperoni, e cipolla. Villanueva, invece, ordinò i suoi soliti tacos. Il

ristorante era pieno di clienti, e trascorse quasi un'ora prima che un cameriere ci portasse le pietanze che avevamo richiesto e cominciassimo a mangiare. Cercai di gustarmi quel pasto, perché sapevo che per me poteva essere l'ultimo. Il momento della missione era sempre più vicino, ed ero sempre più teso. Ad un certo punto il telefono di Villanueva squillò, e lui rispose prontamente: era Mason che aveva chiamato, e portava buone notizie: la squadra d'assalto che avrebbe dovuto seguirci era arrivata a Juárez ed aveva intercettato il suo cellulare, quindi sapeva come e dove trovarci.

Dopo il pranzo io e Villanueva tornammo in hotel e ci sedemmo davanti alle piscine in silenzio. Trovammo nuovamente le ragazze di prima, le quali, vedendoci, ci salutarono timidamente. Io ricambiai il saluto con un sorriso, ed una di loro, uscì dalla piscina e iniziò a camminare verso di me. A quel punto, Villanueva, che era lì accanto a me, mi disse: "Hai fatto centro, ragazzo, bravo!" e mi diede una pacca sulla spalla; poi aggiunse, sogghignando: "Bene, io mi faccio un giro.." e se ne andò, lasciandomi da solo con quella ragazza, la quale, sorridente, iniziò a parlarmi:

"Ti ho visto due ore fa, ci stavi guardando dal balcone."

Io, con tono deciso, risposi: "Sì, è così..", al ché lei ribatté: "Il tuo sguardo verso di noi dice già tutto, hombre.. Stasera alle otto il proprietario dell'hotel darà una festa proprio qui in cortile. Voglio incontrarti di nuovo.", poi si allontanò un attimo dalla mia sedia, si diresse verso la sua borsa, che aveva posato vicino alla piscina, tirò fuori una penna ed una piccola agenda, scrisse un numero di telefono su una pagina, e successivamente la strappò, dandola a me, e dicendomi, con sorriso malizioso: "Hasta pronto, hombre..". Poi si voltò e ritornò in compagnia dell'altra ragazza, la quale, nel frattempo, aveva assistito alla scena. Era bionda, con gli occhi di un color verde acqua, di carnagione chiara, aveva un fisico atletico, ed i suoi lineamenti (sia del viso, che di tutto il resto del corpo) erano talmente

delicati che avrei potuto immaginarla su una passerella a fare le sfilate di moda. La vista di un corpo così bello suscitava in me talmente tanto piacere che in quei due minuti scarsi in cui mi parlò (non lasciandomi, peraltro, nemmeno il tempo di presentarmi e dirle come mi chiamavo) non riuscii mai a guardarla negli occhi per cinque secondi di fila, perché il mio sguardo cadeva continuamente sul suo seno coperto da un costumino giallo, e nonostante lei se ne accorgesse, mi sorrideva senza dire nulla, giusto per farmi capire che la possibilità di toglierle quel costume la avrei avuta quella sera, e stava a me coglierla o meno.
Pur essendo messicana, era molto diversa da tutte le donne messicane che avevo visto a Juárez, che al contrario di lei, erano more, con occhi marroni e di carnagione scura, come è usuale da queste parti.
Nonostante fossi teso per la missione che mi aspettava, la prima cosa che pensai fu: "E quando mi ricapita?", così decisi di rientrare in stanza per sistemarmi per la sera. In camera trovai Villanueva ad aspettarmi, e non appena mi vide, mi disse, in tono ironico: "Ehi, latin lover, come mai sei tornato così in fretta? Te ne sei scappato via per la paura? Che c'è, ti ha chiesto di sposarla, avrete dei bambini, o cosa..?" al ché io, tutto entusiasta, risposi: "Carlos, andrò ad un party con lei stasera alle otto, ora mi riposo e poi mi sistemo. Quando mi ricapita una ragazza del genere?" A quel punto Villanueva mi redarguì: "Cerca di stare concentrato figliolo, stasera dobbiamo restare vivi e non farci ammazzare. Non è momento per pensare alle donne ora. Se vuoi andarci a letto, vacci quando sei sicuro che il giorno dopo ti potrà rivedere."
Sapevo che Villanueva aveva ragione, quello non era il momento di pensare a certe cose, ma proprio perché poteva essere l'ultima ragazza che avrei visto volevo incontrarla quella sera, e quando lo dissi al mio compagno, non poté far altro che darmi ragione, e mi disse: "Sì, in fondo non hai torto, tu sei

giovane, ragazzo. E sia, fai ciò che ti pare questa sera prima della missione, ma dalle undici in poi, cancella quella ragazza dalla tua mente, non deve più esister, indipendentemente da quello che farai stasera con lei." A quel punto risposi: "Certo."
Nel frattempo erano quasi le cinque, e decisi di lavarmi per rendermi il più presentabile possibile per la sera. Utilizzai il bagno della stanza, che era munito di box doccia e tutti i comfort possibili ed immaginabili, tra cui asciugamani talmente lunghi e larghi da sembrare lenzuola, barattoli di balsamo e doccia schiuma che venivano dati in omaggio, e anche dei prodotti cosmetici, nell'eventualità che la stanza fosse occupata da donne.
Dopo essermi rivestito, tirai fuori il biglietto con il numero di quella ragazza, e decisi di chiamarla. Lei mi rispose prontamente, ed anche se non so come lo avesse capito, aveva intuito che la stavo chiamando proprio io, perché la prima frase che mi disse fu: "Lo sapevo che mi avresti chiamata, hombre."
Io risposi sogghignando: "Come sapevi che ero io?" e lei ribatté: "Beh, io lo chiamo istinto femminile.." e poi aggiunse: "Senti, stasera non voglio andare alla festa, ho cambiato idea, ma la mia amica ci andrà, e per questo è appena uscita dalla piscina per raggiungere il centro della città e comprare qualche vestito, quindi ora la mia stanza è libera. Perché non ci vediamo da me tra mezz'ora? È la numero 45, si trova al secondo piano." Accettai subito la proposta e mi preparai in fretta. Quando fui pronto mancavano solamente dieci minuti all'appuntamento. Aspettai ancora un po', poi lasciai la mia stanza e mi diressi verso quella di Gabriela; bussai alla porta, e lei mi venne ad aprire; mi abbracciò con tutta la forza che aveva, mi trascinò in camera e richiuse la porta a chiave in modo che nessun altro potesse entrare, poi staccò il telefono della stanza affinché nessuno potesse disturbarci. Non feci nemmeno a tempo a dirle come mi chiamavo, perché iniziò a baciarmi, ed io feci altrettanto con lei. Infine, ci spogliammo, ci

sdraiammo sul letto, e facemmo l'amore per circa tre ore, durante le quali riuscii a non pensare, per la prima volta da quando ero diventato un soldato, alla situazione in cui mi trovavo, a tutto ciò che i miei occhi avevano visto: le sparatorie, gli uomini che avevo ucciso, quelli che avevo visto morire, sembravano un universo che si sgretolava di fronte agli occhi di Gabriela, colmi di piacere e di desiderio. Il mio sguardo ed il suo si incrociavano di continuo, il sudore scendeva dalle nostre fronti per il calore che ci trasmettevamo reciprocamente, ed i nostri corpi si muovevano l'uno in funzione dell'altro, come se sapessero da soli, senza il controllo della mente, come darsi piacere in modo reciproco. Terminammo dopo tre ore (che avrei potuto definire le più intense e piacevoli della mia vita) e, stremati, ci addormentammo. Quando mi svegliai erano quasi le dieci di sera, e mi resi conto che dovevo rientrare presto in stanza. Cercai di rivestirmi velocemente, ma Gabriela mi interruppe subito, ed avvicinando le sue labbra alle mie mi sussurrò, sorridendo: "Ed adesso dove pensi di scappare? Non mi hai nemmeno detto il tuo nome." Non potendo dirle nulla riguardo al compito che avrei dovuto svolgere, le risposi: "Devo andarmene ora, sono qui per affari, e tra un'ora ho un incontro importante." A queste parole la sua faccia diventò triste, e lasciava trasparire un filo di delusione. Vedendo questo repentino cambiamento di espressione, le accarezzai il viso, e con sorriso malizioso le dissi: "Ce l'hai una penna ed un foglio di carta?". Gabriela, che aveva capito le mie intenzioni, corse subito verso la sua borsa, estraendo la stessa agenda di quattro ore prima ed una penna, e me le portò. Le scrissi il mio numero, e poi le dissi: "Mi raccomando, non mi chiamare stanotte, ti telefono io appena posso. Ah, a proposito, il mio nome è Andrew." Dopo averle detto questo, uscii di corsa dalla sua stanza per rientrare nella mia, dove Villanueva mi stava aspettando. Appena mi vide mi disse: "Dove diavolo eri

sparito? Sbrigati, lavati di nuovo e poi cambiati i vestiti: sei sudato fradicio, sembri una spugna inzuppata nell'acqua. Hai bevuto?"
Io risposi: "No, non ho bevuto nulla. Ora mi muovo." Così dicendo, me ne andai in bagno e mi feci un'altra doccia, dopodiché mi infilai la divisa nera che mi era stata consegnata dai guerriglieri prima di arrivare a Juárez.
Appena fui pronto, scoccarono le undici, ed il cellulare di Villanueva squillò: era uno dei guerriglieri di Salazar, che ci avvisava del suo arrivo; ci ordinò di prendere l'uscita di emergenza per non farci vedere da nessuno.
Eseguimmo gli ordini ed in circa due minuti ci trovammo dentro un furgone blindato di colore nero, che poteva contenere fino ad otto persone. Uno dei soldati accese una torcia ed aprì una mappa della città, appendendola con un po' di nastro adesivo ad un lato del furgone; poi iniziò a parlare, e disse: "Il posto in cui dobbiamo andare è una vecchia villa abbandonata che si trova fuori città a venti chilometri da qui." e così dicendo, indicò con il dito un cerchio che aveva disegnato sulla mappa; poi continuò: "I nostri informatori ci hanno detto che il posto è presidiato su tutti e quattro i lati da guardie armate ad ogni ora del giorno, e che durante la notte la sorveglianza viene raddoppiata, quindi ci saranno otto uomini a tenere d'occhio il perimetro della casa. La villa è isolata, e questo purtroppo gioca a loro favore, perché sarà più facile individuarci, perciò dovremo essere ancora più veloci. L'unica cosa su cui possiamo contare è il fattore sorpresa. Non credo si aspettino un attacco proprio al loro deposito di armi, ma non si può mai sapere. Armatevi di coltello e mettete il silenziatore sulle pistole." A quel punto chiesi: "Perché dobbiamo rubare un carico di armi al cartello di Juárez?" ed il guerrigliere mi rispose: "Dopo che avete ucciso Mejìa, il capo del cartello di Sinaloa si sta alleando con quello di Juárez per farci la guerra. Se riusciremo a rubare le loro armi, dimostreremo che noi

possiamo prendere loro tutto ciò che vogliamo senza che abbiano il tempo di reagire. E ti dirò un'altra cosa, hombre: questo non sarà l'ultimo furto di armi che i Diablos Rojos compiranno. Mentre noi siamo qui a parlare, altri nostri uomini si stanno attivando, ed hanno già scovato ben venti depositi di armi del cartello di Juárez e sono pronti a svuotarli uno per uno: Salazar mi ha detto che gli ordini provengono direttamente da Lucero."
"Che tipo di armi dobbiamo rubare?", domandai io.
"Troverete dei fucili AK-47, granate, pistole, mitragliette e bazooka e persino dei missili terra-aria." Mi rispose un altro guerrigliere.
"Ed una volta presi come faremo a trasportarli?" chiese Villanueva. Il soldato che comandava l'operazione mi disse:
"Una volta che avrete messo in sicurezza l'area e avrete fatto sparire i corpi delle guardie, mi chiamerai al cellulare ed io manderò un camion blindato con una dozzina di uomini pronti a darvi una mano con il carico. Come ha comandato Salazar, Josè e Jesùs verranno con voi. Noi ci assicureremo che nessun altro si avvicini alla casa."
Finalmente partimmo, e viaggiammo per circa mezz'ora. Arrivammo in prossimità della villa, ed il guidatore svoltò nella via parallela a quella in cui si trovava la casa che dovevamo colpire, e dopo esserci assicurati che nessuno arrivasse, indossammo il passamontagna ed in quattro scendemmo velocemente dal furgone, stando attenti a non fare rumore. Le guardie si trovavano a meno di cinquanta metri da noi. La casa era circondata da una siepe alta meno di un metro e mezzo, e decidemmo di strisciare per non rischiare di farci notare. Io e Villanueva ci posizionammo, restando sempre dietro alla siepe, sul lato nord ed ovest della casa, mentre Josè e Jesùs occuparono i lati est e sud. Senza fare rumore, appoggiai la canna della pistola, munita di mirino e silenziatore, sopra alla siepe, e mirai verso una delle due guardie che presidiavano il

lato della casa che io dovevo attaccare. Aspettai qualche istante, e ad un certo punto, l'altra guardia (forse per il sonno, o forse perché era convinta che non ci fosse nessun pericolo) si distrasse per un attimo. A quel punto sparai e vidi quell'uomo che cadeva a terra ed uno schizzo di sangue macchiò il muro della casa. L'altra guardia, che aveva visto cadere il suo compagno, gli corse incontro per soccorrerlo, e in quell'istante premetti il grilletto nuovamente, colpendolo alla testa. Subito dopo corsi fino alla postazione occupata preventivamente da quei due soldati, e strisciai verso il lato ovest, controllato da Villanueva. Mi misi dietro l'angolo, e spiai: una guardia si trovava proprio ad un metro da me, e camminava avanti e indietro. Decisi di tirare fuori il coltello, e quando fu abbastanza vicino saltai fuori da dietro l'angolo, gli strinsi un braccio attorno al collo, gli appoggiai una mano davanti alla bocca e gli rifilai sei coltellate nel costato, prima di tagliargli la gola. Nello stesso tempo, Villanueva, che aveva visto la scena, sparò all'altra guardia e la uccise. Due lati su quattro erano sotto il nostro controllo. Villanueva, a quel punto, fece la stessa cosa che avevo fatto io: si posizionò dietro l'angolo tra il lato ovest e il lato sud, ed aspettò che la prima guardia fosse abbastanza vicina per poterla ammazzare. Jesùs, ovviamente, si occupò dell'altro soldato. Restavano solo due guardie da eliminare ed ora eravamo noi ad essere in superiorità numerica: senza fare rumore, ci dirigemmo verso l'ultimo lato della casa e le eliminammo facilmente.

In meno di cinque minuti ci trovammo davanti all'entrata del deposito. La porta era chiusa a chiave, così Josè sparò alla serratura e riuscì a sfondarla. Appena riuscimmo ad entrare, Villanueva chiamò il guerrigliere che aveva diretto l'operazione, affinché quest'ultimo mandasse il camion ad aiutarci con la refurtiva. Il camion arrivò in meno di cinque minuti, ed una dozzina di uomini, armati di pistole, scesero dal rimorchio e corsero verso di noi. La casa era piena di armi

militari, tra cui kalashnikov e granate di produzione russa, mitragliette di vario genere, missili terra-aria, fucili M4 dotati di mirino, pistole e persino machete e coltelli di vario genere.
In meno di un'ora, la casa fu svuotata ed il camion fu pronto per ripartire. Io, Villanueva, Josè e Jesùs ritornammo sul furgoncino, che ci riportò all'hotel in circa trenta minuti. Lì ci aspettava Salazar, il quale, una volta saputo che l'operazione era andata a buon fine, ci pagò per il lavoro svolto e ci disse: "Voi siete dei veri guerrieri. Gracias a Dios, perché le nostre strade si sono incrociate e vi hanno portato qui. Ora riposate, domani c'è un altro incarico per voi, e mi aspetto che lo eseguiate altrettanto bene." Così dicendo, risalì nella sua Mercedes nera e ripartì. Io e Villanueva rientrammo in albergo utilizzando la porta d'emergenza per non essere visti. Nel frattempo la festa nel cortile stava continuando, e sembrava non dover finire. Erano quasi le una e mezza del mattino, e Villanueva decise di chiamare Mason. Come al solito, la risposta fu tempestiva: "Pronto, Carlos! Allora, com'è andata?"
"E' andato tutto bene, non ho avuto bisogno di chiamare la squadra d'assalto. Ma domani ci aspetta un nuovo incarico, quindi ti prego di lasciarla a nostra disposizione. Non sappiamo ancora di cosa si tratta, quindi non voglio rischiare di trovarmi esposto."
"Va bene Carlos, la squadra è a tua disposizione." E la telefonata si conclude.
Mi lavai per la terza volta, e decisi di recarmi nuovamente alla stanza 45. Bussai alla porta, che mi fu aperta. Come era successo qualche ora prima, ritrovai Gabriela, la quale, sorpresa e felice di vedermi, mi baciò e mi trascinò in camera, spingendomi sopra il letto. Un attimo dopo, lasciò cadere i suoi vestiti sul pavimento e salì sopra di me. Non ci fu bisogno di dire nulla, così come io, in questo momento, non ho bisogno di spiegarvi cosa successe tra me e quella ragazza. Vi basti sapere che quella notte non rientrai nella mia stanza. L'indomani mi

svegliai alle otto del mattino, e trovai Gabriela, ancora senza vestiti, accanto a me. Come mi alzai dal letto, si svegliò, e con tutta la sua dolcezza mi disse: "Buongiorno! Sei mattiniero hombre! Ogni volta che ti vedo scappi sempre da me.." A quel punto le risposi: "No, non sto scappando, in realtà mi sono appena svegliato.. è stata davvero una notte indimenticabile, sono stato benissimo, Gabriela."
"Perché non resti qui con me oggi?", mi ribatté.
"Non posso.. Devo svolgere un altro incarico.. Consolati sapendo che vorrei tanto rimanere con te.. Ma ora non è il momento.."
Proprio in quell'istante il mio cellulare squillò: era Villanueva, che mi chiese dove mi ero cacciato tutta la notte e mi ordinava di rientrare subito nella mia stanza. Dissi a Gabriela che mi dovevo rivestire e rientrare nella mia camera, perché il mio amico (così chiamavo Villanueva di fronte a lei) mi doveva parlare di una cosa importante, e non mi aveva spiegato nulla al telefono. Seppur controvoglia, lei annuì con la testa e mi lasciò rivestire e prepararmi. Prima che lasciassi la sua camera, però, mi disse: "Promettimi che mi richiamerai, ti prego.."
Io le risposi: "Certo che te lo prometto.. Stai tranquilla.."
Non volevo separami da lei: sebbene la conoscessi da meno di due giorni, quella donna stava diventando sempre più importante per me, e non solo per le ore che avevamo trascorso insieme a fare l'amore, ma anche perché la sua dolcezza ed il suo desiderio di avermi sempre affianco mi stavano facendo riscoprire pian piano la dimensione dell'amore, un aspetto della vita umana che credevo di aver rimosso dalla mia mente.
Eppure, pensandoci bene, mi sbagliavo: sì, è vero, la mia esperienza affianco ai narcotrafficanti mi stava trasformando in una sorta di belva feroce, ma se ero entrato in quel mondo era proprio per amore verso i miei genitori, perché li amavo talmente tanto da essere disposto a fare qualsiasi cosa pur di vendicarli, anche se devo ammettere che le prove a cui ero

stato sottoposto fino a quel momento erano state dure da superare (prima fra tutte, l'iniziazione, in cui avevo dovuto fare a pezzi un uomo). Ma ero ancora vivo e incolume, e questo mi dava coraggio e mi riempiva di fiducia. Con Villanueva a proteggermi e con Gabriela al mio fianco, ce la potevo fare.
Quando rientrai nella mia stanza, Villanueva mi stava già aspettando in piedi, e non appena mi vide, disse che Salazar ci aveva mandato a chiamare e che dovevamo farci trovare fuori dall'hotel alle nove in punto. Avevo circa un'ora per prepararmi, così me la presi con comodo: mi lavai e mi misi dei vestiti puliti, e poi mi coricai sul letto per rilassarmi, fino a che non arrivò l'ora di uscire dall'hotel, come ci era stato ordinato.
Come giungemmo all'uscita, vedemmo una Mercedes nera parcheggiata dall'altra parte della strada, e dopo averla raggiunta ci sedemmo sui sedili posteriori. Salazar, che era seduto davanti, al posto del passeggero, si voltò verso di noi, tirò fuori una foto dal taschino della sua giacca nera, e dopo avercela mostrata ci disse: " Questo è il vostro nuovo obbiettivo."
"Chi è?" chiesi io.
Lui mi rispose: "È il capo del cartello di Juárez. Il suo nome è Jesùs Salas Aguayo. Si era nascosto a Tijuana, dove aveva degli amici di Sinaloa a proteggerlo. Quando ha sentito che i suoi depositi di armi erano stati attaccati, è uscito allo scoperto. In meno di due giorni ha raggiunto questa città, e sta cercando di riorganizzare le forze. Insieme ai Sinaloa, vuole combatterci. I nostri informatori ci hanno fornito la sua posizione: una discoteca di Juárez, dove si sta riunendo con i suoi fedelissimi, Juan Alvares Gordo e Paulo Cortès Cardona. Se riuscirete ad eliminarli, il cartello di Juárez è finito. Senza un capo, si ritroveranno allo sbando e noi potremo approfittarne. Dovrete agire con precisione chirurgica. Lo farete oggi pomeriggio. Sarete soli."

A quelle ultime due parole mi saltò il cuore in gola, ed esclamai: "Da soli?! Ma è un suicidio! Ci sarà pieno di guardie a proteggerli. È praticamente impossibile!"
Salazar ribatté: "Niente per voi due è impossibile, hombre! Ho sentito di come avete fatto fuori quegli uomini al deposito di armi la scorsa notte. Voi due assieme siete una macchina da guerra. Gli ordini vengono direttamente da Lucero: vuole Salas Aguayo morto, a qualunque costo."
"E perché non permette che una squadra di sicari ci dia man forte?" chiese Villanueva.
"Perché se voi due da soli riusciste ad eliminare lui ed i suoi luogotenenti lancereste un messaggio chiaro per conto dei Diablos Rojos: la nostra organizzazione non ha paura di nulla, e faremmo capire che possiamo prendere chiunque di loro, quando e come ci pare. Quello che dovete fare è trovare una macchina pulita e recarvi nel posto in cui si trova." Così dicendo, estrasse dalla stessa tasca di pochi istanti prima una mappa della città che aveva piegato e ripiegato, la aprì, e ci mostrò con il dito una discoteca stilizzata, (probabilmente controllata e gestita dal cartello di Juárez) che aveva provveduto a cerchiare con un pennarello nero, e ci disse che quello era il posto in cui, stando a ciò che i suoi informatori gli avevano detto, si trovava il boss (in spagnolo, el jefe) del cartello di Juárez. Prima che lasciassimo la macchina, Salazar ci lasciò la cartina e ci disse: "Dovrete farlo in pieno giorno. Una volta terminato, scrivete sul suo corpo le lettere D ed R con il suo sangue. Tutti devono capire che non scherziamo. Y vamos a poner todos en marcha."
Scendemmo da quel Mercedes nero e attraversammo la strada per rientrare in hotel. Villanueva, perplesso come non lo avevo mai visto, mi disse: "Non mi piace. Chiamo Mason: questa volta la squadra d'assalto ci servirà come il pane." al che io, ribattei: "Certo, ma che si tengano a distanza, o ci faranno saltare la copertura. Salazar deve pensare che questo compito

lo abbiamo svolto solo noi. Se venisse a sapere che non è così, sospetterebbe che abbiamo tradito il cartello, o che qualcun altro ci sta aiutando, e a quel punto sarebbe la fine."
Villanueva capì che avevo regione, e concluse: "Sì, farò ordinare di usare fucili di precisione e di posizionarsi ad almeno un chilometro di distanza. Noi, invece, oltre alle pistole con il silenziatore, utilizzeremo anche le mitragliette e le granate russe: quando abbiamo rapinato il deposito di armi, ne ho prese un paio di nascosto. Ci saranno utili. Ora andiamo a prepararci, e troviamo una macchina pulita."
Rientrammo nella nostra camera d'albergo, ed indossammo la stessa divisa nera della sera prima, mettemmo le armi dentro ad un borsone nero, ed in meno di cinque minuti uscimmo nuovamente. Camminando per la strada, Villanueva vide un uomo, sulla sessantina, che stava parcheggiando la sua macchina con due ruote sopra al marciapiede, e non appena questo scese, decise di avvicinarlo. Con un'abile mossa, riuscì a fingere di andargli addosso accidentalmente, e riuscì ad estrargli le chiavi della macchina dalla tasca dei pantaloni. Quell'uomo, sentendosi colpito, gli disse: "Accidenti a te, figliolo, ma che ti dice il cervello?!", e Villanueva fece finta di scusarsi: "Sono desolato, signore, non la avevo proprio vista".
Dopo che quel signore ebbe attraversato la strada, Villanueva utilizzò la chiave per aprire la macchina (una vecchia utilitaria di colore blu scuro) e non appena fummo saliti entrambi con il borsone pieno di armi sfrecciò via, sfuggendo alla rabbia di quel poveretto, il quale si era accorto troppo tardi dello "scherzetto" che il mio compagno gli aveva fatto.
Mentre guidava, Villanueva tirò fuori il cellulare dalla tasca dei pantaloni, e chiamò Mason, il quale, come al solito, rispose prontamente: "Carlos, la squadra d'assalto sta ancora aspettando di essere attivata."
"È il momento di farlo, Mason. Dai l'ordine di intercettare il mio telefono, e quando la mia auto si fermerà, dovranno

posizionarsi ad almeno un chilometro di distanza da dove sono io. Di' loro di utilizzare fucili di precisione, ci sarà da sparare parecchio.." rispose Villanueva.

"Ma cosa..?! Che dovete fare?" ribatté Mason perplesso. E Villanueva disse: "Dobbiamo uccidere un boss, Mason, ma il nostro capobanda, Salazar, vuole che ci riusciamo da soli. Il motivo è di natura ideologica, i Diablos Rojos vogliono dare una prova di forza ai rivali. Il posto dovrebbe essere una vecchia discoteca di Juárez, e sicuramente ci saranno guardie ad ogni angolo; di' ai tuoi uomini di circondare la zona, mantenendo la distanza che ti ho detto. Non voglio che Salazar sospetti che qualcuno ci ha aiutato."

A quel punto, Mason disse: "D'accordo Carlos, darò disposizioni. Buona fortuna ragazzi, guardatevi le spalle." e la telefonata si concluse. Il viaggio verso quella discoteca fu breve, durò tra i dieci minuti ed un quarto d'ora, un lasso di tempo in cui cercai di concentrarmi il più possibile, e soprattutto, tentai di non pensare a Gabriela ed a quella notte insonne trascorsa nella sua stanza.

Quando fummo ad un centinaio di metri di distanza, ci accorgemmo che l'entrata della discoteca era sorvegliata da due uomini armati, e Villanueva, che nel frattempo aveva già afferrato la pistola, mi disse: "Preparati ragazzo. Metti il silenziatore sulla pistola, qui c'è da sparare prima del previsto." Io risposi: "Ah, cominciamo bene..!" ed eseguii l'ordine. Appena arrivammo a circa cinquanta metri di distanza, le guardie ci videro ed imbracciarono i loro kalashnikov, e li puntarono verso di noi, senza aprire il fuoco. Era la nostra giornata fortunata, o almeno così sembrava; a quel punto, io aprii il finestrino della vettura, puntai la pistola verso una delle guardie e lo colpii alla testa; Villanueva fece la stessa cosa, e nel giro di due secondi quegli uomini caddero entrambi a terra. Il secondo non aveva avuto nemmeno il tempo di reagire alla vista del suo compagno che si accasciava a terra, e non sparò

nemmeno un colpo. Ne avevamo già uccisi due, senza che si sentissero nemmeno i rumori degli spari. L'unica cosa che si udì, fu il rombo di motore dell'utilitaria in cui io e Villanueva ci trovavamo seduti.
Appena raggiungemmo l'entrata della discoteca, la macchina si fermò. Il locale era circondato da quattro mura, e noi ci trovavamo davanti alla porta principale, costruita in ferro e chiusa a chiave. Improvvisamente il cellulare di Villanueva squillò, e non appena quest'ultimo rispose, cominciò a parlare una voce che prima non avevamo mai sentito:
"Carlos! Qui è Wayne Teller, sono il capo della task force. Mason ci ha dato disposizioni. Siamo ad un chilometro da voi, ed abbiamo circondato la zona. Nessuno ci ha seguiti, siete al sicuro. Da qui controlliamo tutto."
Villanueva, a quel punto, rispose: "Com'è la situazione? Cosa vedete dietro questa porta?"
"C'è un piazzale lungo circa una quarantina di metri a separare il locale dall'entrata, Carlos. Noi controlliamo tutti e quattro i lati della discoteca, e per ogni lato ci sono due uomini armati, più un paio di guardie sul tetto. Sarà molto dura per voi entrare. Siete in inferiorità numerica e ognuno dei miei può sparare a solo uno dei loro; ma anche se lo facessimo, restereste in sei contro due e sarebbe un suicidio. Dovete creare un diversivo."
Villanueva, che non era tipo da farsi intimidire, disse: "Okay, ora ci pensiamo noi. Faremo convergere più guardie possibile verso di noi, faremo in modo che aprano la porta, e poi le colpiremo. Useremo le pistole con il silenziatore. Nel frattempo, voi dovrete occuparvi degli uomini sul tetto, e centrarli entrambi prima che possano dare l'allarme." Dopo queste parole, chiuse il telefono e mi disse: "Scott, batti forte sulla porta, io farò finta di chiamare aiuto. Se avremo fortuna, verranno a vedere che cosa sta succedendo, e verranno almeno in quattro. O almeno, così spero." Io risposi: "E se non lo fanno?" e a quelle parole Villanueva tacque. Ora arrivava la

parte difficile dell'operazione: spostammo dall'entrata i corpi delle due guardie a cui avevamo sparato qualche minuto prima, ed io battei forte sul ferro con la mano, mentre il mio compagno continuava ad urlare e ripetere: "Ayuda! Ayuda!"
Dopo pochi secondi si sentirono i passi di alcune guardie che venivano verso di noi; ci mettemmo ai lati della porta, e quando questa si aprì, scatenammo il finimondo: erano usciti dal piazzale della discoteca tre uomini, e con la pistola dotata di silenziatore riuscimmo a metterli fuori gioco tutti. Nello stesso tempo, da due direzioni diverse partirono due colpi di fucile, e le guardie sul tetto della discoteca finirono dritte sul piazzale asfaltato dopo un volo di circa sei o sette metri (quella era l'altezza della costruzione, che aveva due piani).
Come oltrepassammo l'entrata, altre tre guardie corsero verso di noi puntandoci i fucili contro, ma non ebbero nemmeno il tempo di sparare, perché un uomo della task force sparò nuovamente, colpendone mortalmente una, mentre noi ci occupammo delle restanti due. In meno di dieci minuti avevamo già ucciso dieci soldati del cartello di Juárez, e per prendere il controllo del piazzale all'esterno della discoteca dovevamo uccidere solamente altri due uomini, e sapevamo di non poter sbagliare: se solo uno di loro fosse riuscito a sfuggirci, anche l'intera operazione poteva essere mandata a monte. Corremmo il più velocemente possibile dall'altra parte del piazzale, ed il rumore dei nostri stivali evidentemente spaventò una vedetta, la quale uscì allo scoperto e ci puntò la pistola contro. Istintivamente, feci una capriola (non so quanto quel gesto mi sarebbe servito, ma in certe situazioni si usa anche l'istinto, oltre che la ragione), ed appena fui in piedi sparai, e lo colpii ad una gamba; come cadde a terra, mi avvicinai verso di lui talmente velocemente che non ebbe nemmeno il tempo di urlare per il dolore, e gli piantai un altro proiettile dritto in mezzo agli occhi. Nel frattempo, un agente della task force che stava monitorando la situazione attraverso

il mirino del suo fucile di precisione, aveva ucciso l'ultima guardia e ci aveva consentito di prendere definitivamente il piazzale sotto il nostro controllo.

Con l'aiuto della task force, avevamo svolto un lavoro perfetto, eravamo stati veloci e precisi, ed ora eravamo pronti ad entrare in quell'edificio di due piani, dove non sapevamo cosa ci avrebbe aspettato. Villanueva si mise davanti a me e mi disse: "Preparati, ragazzo, qui la task force non può aiutarci, e dobbiamo cavarcela da soli.", ed aveva ragione: la discoteca era tutta in muratura, ed a parte le quattro porte d'uscita non c'erano finestre che i nostri uomini potessero usare per eliminare i nostri nemici. Era molto probabile che Salas Aguayo avesse scelto quella discoteca anche perché al suo interno sarebbe stato più al sicuro e non avrebbe rischiato di essere bersagliato dai cecchini, i quali, indipendentemente dal fatto che fossero poliziotti o soldati di altri cartelli, rimanevano sempre dei tiratori scelti. Appena entrammo, tirammo fuori le mitragliette, che avevamo tenuto con noi, e perlustrammo il pianterreno: sulla parte destra, che era tenuta d'occhio da Villanueva, c'era la pista da ballo ed un impianto stereo sollevato di una trentina di centimetri dal pavimento, mentre sul lato sinistro, perlustrato da me, c'era un minibar, con un bancone dietro al quale si trovavano degli scaffali contenenti una quantità enorme di bottiglie di bevande alcoliche (vodka, tequila, e tutto ciò che si potesse immaginare). Mentre stavo con la mitraglietta puntata in avanti, la tensione dentro di me saliva: avevo paura che da un momento all'altro qualcuno sbucasse fuori da dietro il bancone e mi sparasse. Ma non accadde a me: Villanueva stava procedendo nella perlustrazione della parte destra del pianterreno per assicurarsi che non ci fosse nessuno. La stanza era illuminata da poche lampadine di diversi colori, e questo rendeva ancora più difficile il nostro compito, perché se da un lato ci permetteva di vedere che cosa c'era intorno a noi, dall'altro, invece, questo

mix di colori creava troppa confusione (d'altronde, la discoteca è un posto ideale per la confusione, perché in fin dei conti ci si va solamente per fare baldoria, ubriacarsi, e se capita l'occasione giusta, rimorchiare) e ci metteva in difficoltà. Ad un tratto, un uomo sbucò fuori da dietro l'impianto stereo e sparò un colpo alla cieca, colpendo Villanueva sulla spalla solamente di striscio, ma facendolo accasciare a terra: ci avevano sentiti arrivare, forse perché quando eravamo entrati avevamo fatto troppo rumore, forse perché si erano accorti di qualcosa. Qualunque fosse la ragione, sapevano che eravamo lì. In quei pochi secondi che ebbi per pensare, capii che era arrivato il momento di sprigionare tutta la nostra potenza di fuoco, e così presi una granata, lanciandola verso quell'uomo, che dopo aver sparato si era nuovamente riparato dietro a quell'impianto stereo. Dopo circa tre secondi la granata esplose, e si sentì l'urlo strozzato in gola di un uomo che moriva. Aiutai Villanueva a rialzarsi, e gli rimisi in mano la mitraglietta che aveva lasciato cadere dopo essere stato colpito. Fortunatamente per lui, era un uomo dal fisico imponente, e riuscì a recuperare la lucidità nel giro di qualche istante.
Al centro della stanza c'èra una rampa di scale che conduceva al secondo piano, e corremmo più velocemente possibile per guadagnare metri sui nostri nemici: evidentemente, però, Salas Aguayo aveva intuito quali erano le nostre intenzioni, perché appena salimmo l'ultimo gradino saltò fuori un uomo da dietro l'angolo e cercò di colpire Villanueva con un pugno; quest'ultimo, però, ebbe i riflessi abbastanza pronti da riuscire ad abbassarsi per schivare il colpo, ed a quel punto io sparai verso quel soldato una raffica di colpi di mitraglietta, che lo bucarono in più parti, facendo sgorgare un lago di sangue dal suo corpo ormai privo di vita.
Villanueva prese la seconda (ed ultima) granata, e la lanciò nel mezzo della stanza, che ospitava un'altra pista da ballo e che, come al pianterreno, era illuminata da piccole luci di vari colori

(tipica illuminazione di una discoteca). Dopo averlo fatto, mi disse: "Appena la bomba esplode, tu corri verso il centro e spara sul lato destro, io sparerò a sinistra". Non fece quasi in tempo a finire di darmi quell'ordine, perché dopo tre secondi la granata esplose, ed entrambi corremmo verso il centro della stanza, sparando all'impazzata con le mitragliette. Udimmo delle urla di uomini spaventati che sparavano alla cieca con le loro pistole esattamente come facevamo noi, e continuammo a sparare, finché quelle grida cessarono. Li avevamo uccisi tutti, non avevamo risparmiato nessuno. Ci avvicinammo ai cadaveri di quegli uomini, per verificare di aver ucciso Salas Aguayo. Quando finalmente lo riconoscemmo, lo spogliammo, e con il sangue che avevamo versato scrivemmo le lettere D ed R sul suo petto, esattamente come ci era stato comandato: il boss del cartello di Juárez ed i suoi luogotenenti erano morti. La missione, anche questa volta, era andata a buon fine, e pian piano cominciai a sentirmi sempre meno teso. Villanueva chiamò Salazar, e non appena quest'ultimo rispose, il mio compagno, seppur con voce un po' sofferente, gli disse: "Tutto a posto. È fatta.". Salazar ribatté: "Bene. Ottimo lavoro. Ora trovate un'altra macchina pulita e tornate in albergo. Uno dei miei uomini sta intercettando le frequenze della polizia federale, stanno cercando un'utilitaria sparita stamattina davanti all'hotel Colonial. Scommetto che ne sapete qualcosa." "Sì, la abbiamo rubata noi per non dare troppo nell'occhio;" disse Villanueva, e poi aggiunse: "nella discoteca c'è la macchina di Salas, prenderemo quella. Ora ci prepariamo, ci si vede davanti all'hotel, capo.". La conversazione terminò, e Villanueva mi disse: "Dobbiamo fare in modo che i messicani non sospettino che siamo stati aiutati dalla task force. Scott, prendi i cadaveri che si trovano dentro il piazzale della discoteca, e trascinali qui dentro. Io prenderò il corpo di Salas, e lo metterò al centro del piazzale. Poi bruceremo la discoteca, ed abbandoneremo l'utilitaria." Ed io domandai: "Come

faremo a bruciare la discoteca?". A quel punto Villanueva mi disse: "Ci sono due taniche piene di benzina dentro alla macchina che abbiamo rubato. Me ne sono accorto appena ci sono salito sopra. Inoltre, io ho un accendino."
Dopo quelle parole, così nel piazzale della discoteca, e trascinai ben sette uomini sulla pista da ballo del pianterreno; inutile dire che lo sforzo che compii per spostare quei corpi fu enorme, ma alla fine ci riuscii, e corsi verso la macchina, che avevamo abbandonato fuori dal piazzale. Nel frattempo, Villanueva aveva preso sulle sue spalle il corpo senza vita del boss (o meglio, ormai ex boss) del cartello di Juárez, e lo aveva portato fuori dal locale, posizionandolo al centro del piazzale come se avesse voluto metterlo in esposizione (ed effettivamente era ciò che voleva fare, anche se me lo disse solo successivamente). Dopo che ebbi prelevato le due taniche di benzina dai sedili posteriori di quella vettura, io ed il mio compagno la cospargemmo, prima al piano superiore, poi lungo gran parte del pianterreno, passando anche per la rampa di scale (in legno), che li collegava. Appena fummo usciti dall'edificio, Villanueva mi diede le chiavi di una BMW, che doveva per forza trovarsi nella parte posteriore del piazzale, (l'unica che non avevamo avuto bisogno di perlustrare) e mi disse di andare a prenderla. Di corsa, eseguii l'ordine, ed appena arrivai vidi una BMW nera a cinque porte, con sedili in pelle, e dotata di tutti i comfort possibili ed immaginabili. Come la accesi sentii il rombo del suo motore, ed accelerai per raggiungere il mio compagno, il quale, non appena mi vide, si accese una sigaretta con l'accendino, e senza fumarla la gettò in mezzo alla pista da ballo del primo piano, cosparsa di benzina. Nel giro di un minuto, la discoteca stava già bruciando. L'entrata del piazzale era aperta, e non appena Villanueva salì sulla vettura, sfrecciammo fuori. Nessuno ci fermò, ed il viaggio di ritorno durò meno di dieci minuti, ma non ci recammo all'hotel: se qualcuno del cartello di Juarez

avesse visto quella macchina, si sarebbe messo alla ricerca del suo boss, e non trovandolo, avrebbe senz'altro capito che cosa avevamo compiuto.

Lasciammo perciò la macchina ad un paio di chilometri di distanza, ed eliminammo tutte le tracce della nostra presenza. Poi, dopo esserci puliti il viso ed esserci sbarazzati delle divise nere (che avevamo indossato sopra i vestiti, ed non immaginate quanto caldo tenevano) per non destare sospetto, tornammo in albergo a piedi.

Come al solito, per entrare usammo la porta di emergenza, che trovandosi in una zona dell'albergo raramente frequentata da ospiti e dipendenti, ci permetteva di non essere visti da nessuno. Raggiungemmo la stanza numero 39, che Salazar si era disturbato a prenotare a nome nostro per un'altra notte. Dopo essermi lavato, mi sdraiai sul letto per riposare mente e corpo. Mi sentivo sollevato, perché dopo una missione così pericolosa io ed il mio compagno eravamo riusciti a sopravvivere, anche se lui era un po' malconcio per la ferita alla spalla. Il proiettile lo aveva preso solamente di striscio, e fortunatamente per lui non si trattava di nulla di grave. Dopo che anche lui uscì dalla doccia e si rivestì, gli dissi: "Che facciamo ora con la task force?" e lui mi rispose: "Li terremo a nostra disposizione. Non sappiamo quali altri incarichi ci assegnerà Salazar: quello è completamente fuori di testa. Non possiamo rischiare che ci uccidano per una causa che non è neanche nostra. Noi siamo qui per combattere i cartelli, non per favorirli. Uccidere i capi di Juárez è un bel passo avanti per la lotta alla criminalità messicana, ma è solo un inizio. Inoltre, dobbiamo ringraziare la task force se siamo vivi. Era una missione suicida, e tu lo sai bene tanto quanto me.". Capii che Villanueva aveva ragione, perché senza i cecchini che ci proteggevano, forse non saremmo riusciti nemmeno ad entrare in quella discoteca, e tacqui. Accesi la televisione per ascoltare il telegiornale: il primo servizio mandato in onda parlava di una discoteca bruciata nella città di Juárez e del ritrovamento del corpo di un noto boss messicano. Il giornalista che stava parlando, diceva: "Parece que el cartel de Los Diablos Rojos ha reclamado el homicidio de Jesùs Salas Aguayo, el despiedado lider del cartel de Juàrez. Los policias federales de Mexico quieren entender las razones de este homicidio, aunque se pueda suponer que los dos carteles han empezado una guerra para el monopolio de las actividades de vendida y transporte de droga en el teriotrio de los Estados Unidos." (tradotto significa: "pare che il cartello dei Diablos Rojos abbia rivendicato l'omidicio di Jesùs Salas Aguayo, lo spietato leader del cartello di Juàrez. La polizia federale del Messico sta cercando di capire le ragioni di questo assassinio, anche se si può supporre che i due cartelli abbiano iniziato una guerra per il monopolio delle attività di vendita e trasporto di droga negli Stati Uniti."). Improvvisamente, il cellulare di Villanueva squillò: era di nuovo Salazar, che disse: "Vi avevo ordinato di farli fuori e basta, non di bruciare il locale." E Villanueva, che era un tipo dal carattere forte, rispose: "Volevi che dessimo una prova di forza? Ebbene, l'abbiamo data, capo. Ci hai scelto per questo lavoro perché sappiamo spingerci fino al limite. Questa volta lo abbiamo fatto." Dopo quelle parole, Salazar disse: "Va bene, ottimo lavoro. Manderò due uomini a pagarvi quanto vi spetta." e chiuse la telefonata.

Dopo circa mezz'ora, due guerriglieri bussarono alla porta della nostra stanza e Villanueva andò personalmente ad aprire. Io ero ancora sdraiato sul letto, e quando i soldati entrarono, aprirono due valigette piene di soldi, ed uno di loro disse: "Il capo ci ha mandato a pagarvi. Sono diecimila dollari per ognuno di voi. Quello che avete fatto oggi per i Diablos Rojos è un'impresa di un'importanza unica. Siete diventati gli eroi di Lucero oggi, e Salazar lo è insieme a voi. Il cartello di Sinaloa vuole negoziare una tregua. Non so come ce l'abbiate fatta, ma siete grandi, muchachos."

Quando finalmente se ne andarono, ebbi la possibilità di prendere il telefono e chiamare Gabriela, come le avevo promesso. Pensavo continuamente a lei, e mi venivano i brividi all'idea che una ragazza così bella e dolce potesse trovarsi in un mondo meschino e violento come quello. Appena mi rispose, mi disse che voleva incontrarmi nuovamente, ed accettai al volo la sua proposta. Indossai dei vestiti puliti, e mi precipitai verso la sua stanza. Questa volta, però, non volevo vederla semplicemente per fare l'amore: desideravo tanto raccontarle tutta la verità, il motivo per cui mi trovavo in Messico, quello che mi era successo, e che cosa volevo fare. Dopotutto, lei di me non sapeva ancora nulla, e volevo proprio vedere se, una volta scoperta la verità, sarebbe stata ancora così innamorata. Appena raggiunsi la camera numero 45, bussai alla porta, e lei, con un sorriso smagliante, mi venne ad aprire. Il suo sguardo dolce e pieno di gioia nel vedermi provocò in me lo stesso effetto di una calamita su un oggetto di metallo, perché avvicinai le mie labbra alle sue, fino a scambiarci un bacio di quelli che non si scordano così facilmente.
Entrammo in camera, e trovai anche la sua amica, che mi salutò frettolosamente e uscì per andare a fare il bagno nelle piscine dell'hotel (o almeno credo, dato che era in costume).
Appena fummo da soli, Gabriela mi disse: "Sai, mi piacerebbe molto conoscere la tua famiglia.." ed io, con tono imbarazzato, le risposi: "Ehi! Non ti sembra di correre un po' troppo? Dopotutto, non sai ancora nulla di me.."
A queste parole, Gabriela ribatté: "Bene bene cowboy, perché ora avremo un bel po' di tempo per raccontarci tutto l'uno dell'altro!", e così dicendo, si avvicinò nuovamente a me, baciandomi un'altra volta (io, di certo, i suoi baci non li disprezzavo). Poi aggiunse, con tono incalzante: "Allora, quando mi presenterai i tuoi genitori?"
In quel preciso istante, la mia espressione si fece seria, e le dissi: "Vedi, è proprio di questo, che ti devo parlare. E ti

avverto che il mio racconto non ti piacerà. Sai, io non sono un uomo d'affari come pensi.. sono un soldato americano Gabriela. Sono infiltrato nel cartello dei Diablos Rojos." Dopo queste ultime parole, lei spalancò gli occhi e si allontanò da me, come se tutto quello che le avevo detto la avesse in qualche modo spaventata. Io lo notai, ma ero determinato a raccontarle tutto, e proseguii: "Lo so che quello che ti sto raccontando non ti piace, ma ti prego, lascia che ti dica perché sono qui.. Vedi, io ho perso tutta la mia famiglia per colpa loro. Un maledetto spacciatore ha sgozzato i miei genitori perché mio padre era un loro intermediario. Non so che cosa avesse fatto di sbagliato, i detective non me lo hanno mai spiegato. Ma so che mia madre non c'entrava niente. Non meritava di morire."

Gabriela si riavvicinò a me, come se avesse compreso le mie ragioni, e disse: "Mia madre è morta quando avevo dieci anni. Mio padre invece è stato ucciso un anno dopo dalle guerre tra cartelli. Vivo in questo albergo da dieci anni per gentile concessione del proprietario. Con i soldi che papà guadagnava mi ci pago il soggiorno. Ma vorrei tanto trovare un lavoro, e poi andarmene via da qui. Anche se sono messicana, non mi sono mai sentita a casa qui a Juárez. Ho assistito spesso a delle sparatorie, e a degli omicidi: per i messicani, ormai, sono diventati una cosa normale, ma non per me."

Appena mi disse che se ne voleva andare le dissi: "Vuoi andartene da qui? Forse ho un modo per farti uscire dal Messico in modo che non ti succeda niente."

"Che cosa hai in mente?" mi chiese lei. Io risposi: "Vedi, io ed il mio compagno abbiamo una squadra d'assalto a nostra disposizione. Sono soldati americani venuti da una base militare che è stata costruita nel sud del Texas quando è iniziata la guerra tra cartelli e Stati Uniti. Posso fare in modo che loro ti prelevino e ti portino via da questo posto, soprattutto ora che le acque si stanno calmando..Mi basta solo fare una telefonata"

"Che cosa vuol dire che le acque si stanno calmando? Mi chiese Gabriela incuriosita, ed io ribattei: "Vedi, il cartello per cui lavoro mira ad espandersi: ha mandato i suoi soldati a rapinare depositi di armi del cartello di Juárez, ed ha inviato me ed il mio compagno ad uccidere il loro boss per metterli fuori gioco. Vedi, questa organizzazione era alleata a quella di Sinaloa, che ora vuole negoziare una tregua. Dopo l'ondata di violenza, sembra che ora la situazione stia diventando più tranquilla: come la quiete dopo la tempesta."
Appena sentì il nome "Sinaloa", Gabriela disse: "Ah, i Sinaloa! Non rispetteranno mai i patti. Cercheranno sempre di trovare un modo per combattere. Sono dei guerrieri, e non accettano mai di essere sconfitti."
A quel punto io dissi: "Questa volta lo faranno. Non credo siano così idioti da iniziare una guerra che non possono vincere. Oppure i Diablos Rojos li schiacceranno. Hanno più armi, hanno più uomini. Sono troppo superiori."
"Tu non hai capito, Andrew: si alleeranno con qualcun altro mentre negoziano con i Diablos Rojos. Se i vostri capi pensano di potersi fidare di loro, si sbagliano."
"Come fai ad esserne certa?" chiesi io, e lei mi rispose: "Sono stati quelli di Sinaloa ad uccidere mio padre, dopo che gli avevano promesso una ricompensa per i servizi resi: lui lavorava per loro, ma dopo che mia madre era morta voleva tirarsene fuori e pensare a me. I Sinaloa gli avevano giurato che avrebbe ricevuto duecentomila dollari per mettermi nelle condizioni di raggiungere gli Stati Uniti, ricevere un'istruzione adeguata e ricominciare una nuova vita: ora capisci che vuol dire per noi "il sogno americano"?". Io feci cenno di sì con la testa, mentre una lacrima scendeva dai suoi occhi, e se devo essere sincero, anche dai miei.
A quel punto dissi: "Farò quella telefonata. Troverò un modo per farti venire a prendere. Ma non ti farò prelevare qui. È troppo rischioso. I nostri capi ci tengono sempre sotto

controllo. Non posso rischiare che i miei uomini entrino nell'hotel da perfetti sconosciuti. Non ne uscirebbero vivi. Appena li chiamerò lo saprai, ed escogiteremo un piano. Non vivrai più in un mondo così violento. Te lo prometto.."
Gabriela si asciugò le lacrime, e mi disse: "Voglio che tu venga con me, Andrew. Ti prego, tiratene fuori finché sei in tempo. Non fare lo stesso errore che ha commesso mio padre: non lo sopporterei un'altra volta."
Per quanto quelle parole mi avessero toccato, non volevo rinunciare alla mia vendetta. Non potevo farlo. Mi ero arruolato nell'esercito, e non potevo permettere che tutti gli sforzi che avevo compiuto (addestramenti, esercitazioni ecc..) fossero resi vani. Anche se capivo le sue ragioni, le risposi: "Non posso fermarmi, Gabriela. Non posso. Se sono diventato quello che sono, è perché la mia famiglia è stata sterminata. Arriverò fino in fondo, costi quel che costi. Vendicherò i miei genitori, o morirò provandoci."
Al sentire quelle parole, Gabriela scoppiò nuovamente a piangere, ma sembrò comprendere le mie ragioni, (esattamente come io capivo le sue, nonostante non volessi interrompere la mia missione) ed asciugandosi gli occhi per la seconda volta in pochi minuti, mi disse: "Fai ciò che devi, Andrew. Io rispetterò ogni tua scelta. Ma ti prego.. torna da me sano e salvo. Dopo tanto tempo, sei la prima persona a cui tengo veramente, anche se ti conosco solamente da qualche giorno."
A quel punto il mio cellulare squillò, ed io risposi alla chiamata: era Villanueva, che mi telefonava per dirmi che lo aveva chiamato Salazar, il quale ci ordinava di tenerci pronti ad un nuovo incarico: niente sparatorie, incendi, o omicidi stavolta. Lucero stava arrivando a Juárez per ascoltare i luogotenenti del cartello di Sinaloa che volevano negoziare una tregua, e noi due eravamo stati scelti per scortarlo e proteggerlo (semmai ce ne fosse stato bisogno). Dovevamo essere pronti l'indomani alle tre del pomeriggio.

Appena la telefonata si concluse, dissi a Gabriela: "Presto conoscerò l'uomo che ha fatto uccidere i miei genitori." Lei mi rispose: "Stai attento, ti prego. Quella è gente pericolosa." ed io ribattei nuovamente: "Siamo tutti pericolosi in questo mondo."
Era l'una passata, e decisi di tornare nella mia stanza per pranzare e parlare con Villanueva del mio piano per far portare Gabriela fuori dal Messico. Appena arrivai in stanza, il mio compagno mi chiese, con sorriso malizioso dove ero stato tutto quel tempo (perché lo sapeva già, ovviamente). Vedendo la sua espressione, sorrisi e feci a meno di rispondere. Per pranzo, Villanueva si era fatto servire dei tacos utilizzando il servizio in camera, che ovviamente aveva pagato con una bella somma (e visti i diecimila dollari che avevamo ricevuto, i soldi di certo non ci sarebbero mancati!) e condivise con me quello che, come ho già raccontato, consideravo il suo unico punto debole, come quel bisogno che non si può fare a meno di soddisfare, e per quanto lo soddisfi, ritorna sempre: un po' come la droga, con le dovute proporzioni, ovviamente.

Dopo che avemmo mangiato iniziai a parlargli di Gabriela, gli raccontai la sua storia, e del fatto che volevo aiutarla ad uscire dal Messico con l'aiuto della task force che avevamo a disposizione. Villanueva mi disse che l'idea era assolutamente fuori questione, e che non potevamo mandare i nostri uomini in hotel a prelevare quella ragazza. A quel punto, gli dissi: "Non servono certo cinque uomini per prelevare una persona, soprattutto se è una donna. Ne basteranno un paio. Io e lei abbiamo molto in comune, Carlos. Non voglio che rimanga imprigionata in questo mondo, o peggio, che venga uccisa." Dopo aver sentito quelle parole, Villanueva mi chiese: "E dopo averla prelevata? Dove pensi di nasconderla? Il mondo sarà anche grande, figliolo, ma se non hai un posto in cui mandarla a vivere, non farò entrare illegalmente negli Stati Uniti una donna che non sa come mantenersi da sola. In America ci sono già abbastanza persone che non arrivano a fine mese, e di certo

non voglio vederne una in più."
A quel punto uscii dalla stanza ed iniziai a pensare: Villanueva aveva ragione. Gabriela non sarebbe potuta andare da nessuna parte senza qualcuno a cui appoggiarsi. Ad un tratto, però, mi venne in mente che c'era una persona che avrebbe potuto aiutarmi: il detective Johnson. Ero sicuro che lui era disposto a fare qualsiasi cosa per me: dopotutto, era lui che si era sprecato per farmi arrivare nell'esercito. Fortunatamente, avevo ancora il suo numero nella rubrica del mio cellulare, e decisi di chiamarlo. Appena mi rispose, mi salutò calorosamente, e mi chiese come mi trovavo nell'esercito; gli dissi che gli stavo telefonando direttamente dal Messico, dove ero un infiltrato nel cartello dei Diablos Rojos, ed anche se avrei voluto raccontargli molte più cose, arrivai dritto al motivo per cui lo avevo chiamato: volevo che lui ospitasse Gabriela a casa sua. Gli dissi che sarei stato disposto a pagare cinquemila dollari per farla arrivare negli Stati Uniti, e che disponevo di uomini a sufficienza per farla trasportare fino a Miami. Al sentire quella richiesta, il detective Johnson si dimostrò un po' titubante, ma alla fine accettò. Per ringraziarlo, dissi che oltre a pagarlo ero disposto a parlare con Gabriela, affinché trovasse un'occupazione temporanea a Miami, sicuro del fatto che lei avrebbe accettato di farlo. Ma il detective mi disse: "Non ti preoccupare per questo, figliolo. A quello ci penso io. Ci sono un sacco di ristoranti, o bar in cui può andare. Mi basterà solo fare qualche telefonata: dopotutto, non credo che tu lo sappia, ma ho deciso di candidarmi a sindaco della città.."
A quel punto, per ringraziarlo nuovamente, gli dissi: "Benissimo, allora conti pure sul mio voto, se riuscirò ad uscire vivo da qui." La telefonata si concluse ed io, soddisfatto, tornai nella mia stanza, e dissi a Villanueva: "Gabriela andrà a Miami."
"Cosa?!" mi rispose lui. Ed io ribattei: "Ho trovato una persona che la ospiterà a casa sua, fino al mio ritorno: è il detective

della polizia di Miami. Mi ha aiutato ad entrare nell'esercito, e gli ho appena parlato. Ha accettato la mia offerta: gli darò cinquemila dollari per farla arrivare in città, e preleverò due uomini dalla task force per trasportarla fino al suo indirizzo." A quel punto, Villanueva si alterò, e mi disse: " E che farà appena arriverà negli Stati Uniti?", ed io ribattei: "Il detective vuole candidarsi a sindaco di Miami, mi ha garantito che la aiuterà lui a trovare un lavoro. Andiamo, Carlos, anche tu sei di origine messicana. Come fai a non capire? Questa è la cosa giusta da fare! Lascia che chiami la task force, te ne prego."
"Perché ci tieni tanto a quella ragazza, figliolo?" mi chiese Villanueva, ed io ribattei: "Da quando sono qui a Juárez ho solo rapinato armi, bruciato locali ed ucciso delle persone!! Se avrò la possibilità di salvare una vita, lo farò, Carlos. Voglio che lei se ne vada da questo mondo."
Villanueva fece un sospiro profondo, ma alla fine annuì e mi disse: "Va bene, ma fai in fretta. Chiama la task force, escogita un piano per farla uscire dall'hotel senza che nessuno la veda. E non dovranno esserci più di due uomini a prelevarla. Non sappiamo se Salazar ha messo delle spie nelle vicinanze per controllarci, sarebbe rischioso far muovere troppi uomini nello stesso posto. I cartelli hanno occhi e orecchie dappertutto, e la polizia messicana è per la maggior parte corrotta. Dobbiamo stare attenti, figliolo, o perderemo l'unica risorsa che abbiamo a disposizione."
Dopo che mi ebbe detto queste parole, uscii di fretta dalla stanza e chiamai Teller, il capo della task force. Gli spiegai la situazione, e dopo avergli comunicato la nostra posizione, gli ordinai di mandare due dei suoi uomini a prelevare Gabriela per trasportarla fino a Miami. Teller accettò, e mi disse: "Stanotte, a mezzanotte, la farai uscire dalla porta di emergenza, nel frattempo noi troveremo una macchina pulita e la porteremo in salvo. Non so cosa ci sia tra te e quella ragazza, e non mi interessa. Siamo qui per eseguire i vostri ordini, e se

proteggere una donna è tra questi, allora faremo."
A quel punto risposi: "Bene. Mi raccomando, non più di due uomini." E lui ribatté: "D'accordo. Posso fare dell'altro per te?" ed io dissi: "Tieni pronti gli altri uomini, siamo stati scelti per scortare Lucero ad un incontro con i capi di Sinaloa: pare che vogliano sancire una pace. Ma la donna che porterete in salvo mi ha detto che i Sinaloa non rispettano mai la parola data. Non so che cosa succederà, e se quella ragazza ha ragione, io e Villanueva saremmo in pericolo. Chiama Mason, e fatti mandare altri uomini se ti è possibile. Altrimenti allerta quelli che hai. Non dovremmo essere in molti all'incontro coi Sinaloa, ma se ci saranno sorprese, non voglio farmi trovare impreparato."
"D'accordo", mi disse Teller, e prima di chiudere la telefonata mi disse: "Guardatevi le spalle, ragazzo.".
Rientrai nuovamente nella mia stanza, e dissi a Villanueva: "Tutto a posto. Abbiamo trovato un modo per farla uscire senza che nessuno se ne accorga.". Villanueva, al sentire quelle parole, sorrise ed annuì con la testa.
Mi recai alla stanza numero 45, e non appena Gabriela mi aprì la porta non fece nemmeno a tempo a salutarmi, che la presi per le braccia e le dissi: "Prepara i bagagli. Porta con te solo ciò che è strettamente necessario. Te ne vai stasera a mezzanotte. Passerai dall'uscita di emergenza, e ti verranno a prendere. Sarai trasportata a Miami, un detective ti ospiterà a casa sua, in cambio di cinquemila dollari, che ti darò stasera in una valigetta. Arrivata a Miami, vai a quest'indirizzo: 1st May Street 32, hai capito?" e ripetei a voce più alta: "1st May Street, numero 32."
Gabriela, che fino a quel momento non aveva proferito parola, mi saltò in braccio e urlò per la felicità e mi baciò tutto. Dopo quei due minuti di euforia, però, mi disse: "Tornerai da me?", ed io, guardandola negli occhi, risposi: "Ma certo che tornerò da te. Te lo prometto. Stai tranquilla, mi guarderò le spalle."

Così dicendo, le diedi un bacio, e uscii dalla camera per tornare nella mia. Ero felice, come non mi era mai capitato da quando ero arrivato in Messico: non solo perché avevo trovato una ragazza che mi adorava, e con la quale avevo molto in comune, ma perché avevo appena fatto la cosa giusta: salvare una donna da un mondo come quello della droga e delle guerre tra cartelli, con cui lei non voleva assolutamente avere nulla a che fare.
Il resto della giornata trascorse velocemente, fino alla mezzanotte. Accompagnai Gabriela all'uscita di sicurezza e non appena i due soldati della task force arrivarono, puntuali come un orologio svizzero, fecero squillare il mio cellulare; uscii dall'hotel mano nella mano con Gabriela, e la baciai come se fosse l'ultima volta che la vedevo (ed in effetti, quella avrebbe potuto davvero essere l'ultima, perché non sapevo cosa mi poteva capitare nei giorni successivi: d'altronde, nessuno è in grado di prevedere il proprio futuro), e la lasciai andare verso la macchina che la avrebbe trasportata fino a Miami, una vecchia utilitaria grigia, che non avrebbe mai attirato l'attenzione di nessuno.
Dopo aver visto Gabriela partire, me ne tornai nella camera numero 39, e mi addormentai.
L'indomani mi svegliai verso le dieci del mattino, e quando guardai l'orologio pensai che era la prima volta che avevo dormito così tante ore di seguito da quando ero arrivato in Messico, e non mi sembrava vero di aver finalmente trascorso la mia prima notte tranquilla, anche se devo ammettere che i comfort offerti dall'hotel mi aiutavano parecchio.
Villanueva, che si era svegliato prima di me, si era fatto servire la colazione in camera, e la condivise con me.
Mancavano cinque ore all'incontro con Lucero, e la tensione iniziava a salire dentro di me, perché dopo che tanto lo avevo desiderato, avrei finalmente visto il capo di quell'organizzazione di spacciatori, aguzzini, ed assassini, della quale erano stati vittime i miei genitori. Ero arrivato in breve

tempo a raggiungere la testa del serpente, e nonostante la paura di commettere qualche passo falso e di essere scoperto, ero determinato a raggiungere il mio scopo, che era lì a portata di mano.

6.   DEMONI CONTRO: LA LOTTA PER IL POTERE

La prima di quelle cinque ore fu lunga ed interminabile. Continuavo a guardare l'orario sulla schermata del mio cellulare, ma i minuti non passavano: sembrava che il tempo si fosse fermato.
Io e Villanueva ce ne stavamo con le mani in mano chiusi in quella stanza, ed il silenzio fra noi regnava sovrano, appesantendo un'atmosfera già molto tesa.
Villanueva, che aveva molta più esperienza di me, riusciva a nascondere l'agitazione tamburellando con le dita sul muro della stanza, mentre io, quando non controllavo l'orario, osservavo continuamente il pavimento con gli occhi spalancati. Sarei un gran bugiardo se vi dicessi che il mio sguardo in quei momenti rifletteva solamente la mia concentrazione per l'incarico che dovevamo svolgere: no, ragazzi, no, non è affatto così: la mia non era affatto concentrazione; la mia era paura, paura di ciò che poteva succedere, paura che Lucero mi avrebbe scoperto, ma soprattutto, paura che quello che mi aveva detto Gabriela riguardo ai Sinaloa fosse vero, e che questa volta mi sarei trovato in mezzo ad un'imboscata nella quale avrei dovuto proteggere lo stesso uomo che volevo uccidere. Nemmeno il fatto di sapere che la task force avrebbe seguito me e Villanueva per proteggerci serviva a farmi stare calmo, ed infatti stavo iniziando a sudare. Ad un tratto, però, decisi di non farmi più consumare dall'ansia e dall'attesa: mi alzai di colpo uscii dalla stanza così velocemente, che Villanueva non fece neanche in tempo a chiedermi dove avessi intenzione di andare.
In un paio di minuti, raggiunsi il cortile dell'hotel e mi sdraiai sull'erba e mi esposi ai raggi del sole che, nonostante fossimo in ottobre, sembrava non avere la benché minima intenzione di farsi sopraffare dalle nuvole e dal freddo dell'autunno.
Mentre prendevo il sole, pensavo alla mia città: era da tanto

che non vedevo una spiaggia, il mare, e soprattutto, da molto tempo non vedevo la casetta in cui vivevo con i miei genitori: "chissà come sarà ridotta", continuavo a ripetere fra me e me, mentre i ricordi di quando ero piccolo ed i momenti migliori passati con la mia famiglia mi scorrevano davanti agli occhi come se stessi guardando il film della mia vita. Dopo circa un'ora, mi alzai e rientrai in stanza, tirai fuori duecento dei cinquemila dollari che mi erano rimasti (gli altri cinquemila li avevo dati a Gabriela, affinché li consegnasse al detective Johnson una volta arrivata a Miami), e mi precipitai fuori dall'albergo. Camminai fino in centro città, ed arrivai casualmente davanti ad un piccolo negozio che vendeva vestiti di ogni genere, passando dai classici jeans americani in stile cowboy alle tute da ginnastica, alle t-shirt, fino ad arrivare persino ai costumi da bagno, che erano esattamente ciò di cui avevo bisogno: da quando ero arrivato all'Hotel Colonial di Juárez, infatti, non avevo ancora avuto l'occasione di fare il bagno in quelle fantastiche piscine situate nel suo cortile interno, e siccome desideravo tanto tuffarmici dentro e non uscirne per ore, acquistai un paio di ciabatte ed un costume da bagno, spendendo all'incirca venti dollari. Appena uscii dal quel piccolo negozio, mi rimisi a camminare per tornare in hotel. La città era affollata e piena di turisti. Nonostante l'adrenalina che avevo in corpo, vedere tutta quella gente che passeggiava tranquillamente in una cittadina come Juárez mi dava una sensazione diversa rispetto a quella che avevo provato quando, in "compagnia" di Salazar, avevo attraversato i quartieri più lontani dal centro della città, nei quali si potevano vedere ovunque i segni della guerra tra cartelli, della povertà degli uomini, e del totale degrado dell'umanità (e come altro potrei definire una città dove in media muoiono trenta persone al giorno?). Passeggiando per il centro di Juárez, mi sembrava di scorgerne il lato positivo che mi ricordava molto la mia Miami, stracolma di negozi, locali, ristoranti di ogni tipo, turisti da tutto il mondo, ed ogni genere di bellezza immaginabile. La spensieratezza degli uomini che camminavano in centro mi rendeva felice, sia per loro, che per me stesso, perché questa era una delle rare volte, da quando ero giusto in Messico, in cui avevo visto la gente passeggiare tranquillamente, senza doversi guardare continuamente le spalle. Tutto ciò mi stupiva, a tal punto che mi sembrava di essere in un'altra località, lontana da Juárez. Era a dir poco sorprendente come la periferia ed il centro di questa città (che potevano considerare due facce della stessa medaglia) fossero tanto diverse, ed ero contento di trovarmi in quella che, evidentemente, era la parte migliore, più sana e meno colpita dalla criminalità organizzata, anche se purtroppo sapevo di dover rientrare in quella peggiore.

Non appena rientrai in hotel, raggiunsi la mia camera, dove Villanueva mi aspettava, e quando mi vide, mi chiese dove ero stato e, soprattutto, che cosa facevo con una costume da bagno ed un paio di ciabatte infradito in mano. Io, che non vedevo l'ora di indossare il costume ed andare a fare il bagno nelle piscine dell'albergo, gli risposi: "Vado a fare un bagno, Carlos. Non ho nessuna intenzione di aspettare tre ore passando il tempo a rodermi il fegato per l'agitazione. Sono già abbastanza irrequieto. Ho voglia di rilassarmi" e così dicendo, andai in bagno, mi cambiai, ed uscii dalla stanza tanto rapidamente da non dare a Villanueva il tempo di dirmi nulla. Portai con me il cellulare, per controllarne l'orario sulla schermata di tanto in tanto, e non appena raggiunsi la piscina mi ci tuffai dentro e nuotai fino alla parte opposta della vasca affinché il mio corpo si adattasse alla temperatura dell'acqua, che pur essendo scaldata dal sole battente, non era molto calda. Era da molto tempo che non mettevo piede in una piscina: quando ero studente al college di Miami, ci andavo di tanto in tanto con Jack ed alcuni amici, ma a causa dello studio, che occupava la maggior parte delle nostre giornate, non avevamo molto tempo

per lo svago. Mentre ero immerso in acqua, pensavo che quella poteva essere una delle ultime volte che avrei avuto l'occasione di nuotare, se non l'ultima in assoluto, e cercai di godermela il più possibile. Me ne stetti in acqua per circa due ore, durante le quali, di tanto in tanto, guardavo la schermata del mio cellulare per tenere l'orario sotto controllo.
La piscina non era molto profonda: potevo toccare il fondo con i piedi tranquillamente, e il livello dell'acqua raggiungeva il mio petto. La vasca era lunga sei o sette metri e larga all'incirca altri tre o quattro. Mentre sguazzavo nell'acqua, (anche perché con una piscina così piccola non si poteva certo nuotare) osservavo il cortile: non sapevo se quella sarebbe stata l'ultima volta che lo avrei visto, ma qualcosa mi faceva pensare che dopo aver scortato Lucero alla negoziazione con i capi del cartello di Sinaloa avrebbero sistemato me e Villanueva altrove, e se così doveva essere, speravo vivamente che saremmo tornati negli Stati Uniti attraversando la città di El Paso, dove la guerra tra bande criminali era molto più controllata, nonostante fosse stato necessario l'intervento dell'esercito. Era da tempo che non vedevo i soldati con cui avevo raggiunto il Texas, ed a parte le telefonate ricevute da Mason, non avevo notizie dei miei commilitoni, e pregavo per loro perché riuscissero ad uscire sani e salvi da questa guerra.
Sguazzai nell'acqua, spostandomi da un punto all'altro della piscina, e mentre mi godevo lo scorrere ininterrotto dell'acqua sulla mia pelle, pensai alla prima volta in cui avevo conosciuto Gabriela, della quale non avevo saputo più nulla da quando era partita per raggiungere Miami e la casa del detective Johnson. Immaginavo di ritrovarla vestita in costume da bagno, proprio allo stesso modo in cui l'avevo vista la prima volta, innamorandomene a tal punto da non poterne fare più a meno, e da impegnare due uomini della squadra d'assalto che avrebbe dovuto proteggere me e Villanueva per farla uscire dal Messico e darle la possibilità di ricominciare una nuova vita.

Quelle tre ore trascorsero molto velocemente, e finalmente giunse il momento di vedere in faccia l'uomo che aveva ordinato l'assassinio dei miei genitori. Uscii dalla piscina e rientrai nella mia stanza, dove mi lavai e mi vestii. Villanueva nel frattempo era disteso sul letto e si stava rilassando, aspettando che io fossi pronto. Ad un tratto il suo telefono squillò: era Salazar, che ci chiamava per dirci che era arrivato all'hotel con i suoi uomini per prelevarci. Appena fui pronto, io ed il mio compagno uscimmo dall'edificio attraverso l'uscita di emergenza (come facevamo sempre). Come al solito, trovammo il Mercedes nero di Salazar, ma non appena ci avvicinammo per salire, fummo fermati da un guerrigliere, che ci indicò di salire su un'altra vettura, un'utilitaria di colore arancione che si trovava qualche metro più indietro. Non sapevamo perché, ma obbedimmo al comando e salimmo su quella vettura, che era guidata da un guerrigliere messicano. Sul lato del passeggero era seduto un uomo sulla sessantina, baffuto, con capelli bianchi, sopraccigli folti e il viso pieno di rughe. Era vestito con un paio di jeans, una felpa sportiva ed un paio di scarpe sportive. Il guidatore, rivolgendosi a me in spagnolo, mi disse: "No vees que tu jefe està aquì? Que haces? No tienes respeto para èl? [traduzione: Non vedi che il tuo capo è qui? Che fai? Non hai rispetto per lui?]"
Al sentire quelle parole, rimasi incredulo: quello era Lucero, il boss dei Diablos Rojos, soprannominato "el lobo"?! Un vecchio, vestito come un poveretto di strada, che si sposta da un posto all'altro con una vecchia macchina arancione? Non poteva essere una cosa normale: quell'individuo possedeva un patrimonio tale da poter pagare centinaia (se non addirittura migliaia) di persone che lavoravano per lui, e di certo si poteva permettere un vestito elegante, una macchina di lusso, e tante altre cose che la gente comune può solamente sognare di possedere, e vederlo conciato in quel modo mi insospettiva. Forse aveva già capito che il cartello di Sinaloa poteva

tendergli un'imboscata? O forse non lo sapeva, ma era ciò di cui aveva una paura tale da farsi trasportare in un vecchio catorcio che non avrebbe attirato l'attenzione dei sicari? Dopotutto, Lucero aveva dedicato gran parte della sua vita al cartello dei Diablos Rojos, e mantenere un profilo basso fino a che l'incontro con i Sinaloa non fosse avvenuto poteva essere un'ipotesi più che plausibile, anche perché se lui fosse stato ucciso, i Diablos Rojos si sarebbero ritrovati senza un capo, e sarebbero finiti allo sbando come i membri del cartello di Juárez (ai quali io e Villanueva avevamo ucciso il boss). Nel frattempo, Salazar e i suoi uomini erano davanti a noi con la loro Mercedes di colore nera, e le vie di Juárez erano pressoché deserte. Ci stavamo pian piano allontanando dal centro della città, e man mano che il guerrigliere procedeva, mi accorsi che ci stavamo dirigendo verso quella vecchia discoteca in cui io e Villanueva avevamo ucciso i luogotenenti del cartello di Juárez, e questa situazione non mi piaceva affatto: iniziai a pensare che Salazar e Lucero ci avessero venduti ai capi di Sinaloa, e che per regolare i conti con due cartelli rivali e non prolungare la guerra tra le organizzazioni fossero disposti ad offrirci ai loro nemici come vittima sacrificale.

Cominciai a pensare che per me e Villanueva fosse la fine, ma fui smentito subito: improvvisamente, e non riuscii a capire da che direzione, una raffica di mitraglietta colpì la macchina di Salazar, che si fermò di colpo. Qualche frazione di secondo dopo, uno dei suoi uomini cacciò un grido di dolore più somigliante al ruggito di un leone che ad un urlo, e del sangue schizzò dal finestrino anteriore destro del Mercedes.

Alla vista di quella scena, il guerrigliere che stava guidando l'autovettura in cui ci trovavamo fece retromarcia e si distanziò di una decina di metri dal Mercedes nero davanti a noi.

Salazar, nel frattempo, era riuscito ad uscire dalla sua macchina ed imbracciare una mitraglietta, ma le raffiche dei sicari provenivano sia da destra che da sinistra, e lui, da solo, non

avrebbe potuto resistere a lungo. Lucero, che aveva assistito alla scena in modo tanto impassibile ed indifferente da far paura, non aveva neppure abbassato la testa per cercare, istintivamente, di ripararsi dalle pallottole. Sembrava fosse un morto, un fantasma che sapendo di non poter essere colpito da alcun oggetto materiale osservava quella scena di guerriglia come se nemmeno gli riguardasse (eppure sapeva benissimo di essere l'obiettivo principale di quell'imboscata).
Io e Villanueva, invece, al sentire quegli spari, avevamo già impugnato le pistole, e continuavamo a guardare a destra e a sinistra per capire dove si trovassero gli uomini che sparavano verso il Mercedes di Salazar. All'improvviso saltarono fuori quattro guerriglieri, due dal lato destro, e due dal lato sinistro della strada, e circondarono Salazar, il quale, non poté far altro che gettare la mitraglietta a terra ad alzare le mani; fu preso a calci e pugni, e quando riuscì ad alzarsi da terra, con la faccia grondante di sangue, volse lo sguardo verso Lucero, e annuì con il capo, come per dire: "Ti sarò fedele fino alla morte.". E così fu: dopo averlo fatto cadere nuovamente a terra ed averlo picchiato selvaggiamente, gli chiesero dove si trovava Lucero, e vedendo che lui li guardava dritti negli occhi e non rispondeva, uno di loro gli puntò la pistola alla testa e premette il grilletto: così morì Salazar, uno degli uomini d'onore dei Diablos Rojos, detto "el general". Vedendolo cadere a terra privo di vita, Lucero ordinò al guerrigliere che guidava la nostra macchina di accelerare in direzione della Mercedes di Salazar, e comandò a me e Villanueva di aprire il fuoco contro quei quattro uomini. L'ordine fu eseguito ancora prima che Lucero finisse di darlo: in un attimo aprimmo i finestrini di quella vecchia macchina, e non appena ci trovammo ad una distanza adeguata, iniziammo a sparare all'impazzata. Il tutto accadde così velocemente che i soldati del cartello di Sinaloa non ebbero nemmeno il tempo di difendersi. In una decina di secondi io e Villanueva avevamo ucciso tre uomini, ed il quarto

lo avevamo ferito gravemente. Appena l'auto si fermò, Lucero fu il primo a scendere, seguito da me, Villanueva e dal suo autista. Nel frattempo, il guerrigliere dei Sinaloa teneva le mani sull'addome (proprio lì, lo aveva colpito Villanueva) e gridava per il dolore. A quel punto, Lucero gli si avvicinò, tirò fuori un coltello dalla tasca dei pantaloni, lo prese per i capelli e glielo piantò nel collo: un rivolo di sangue schizzò fuori dal corpo di quell'uomo, il cui destino era ormai segnato. Non contento di ciò che aveva fatto, Lucero iniziò a decapitarlo, e date le dimensioni del coltello (un coltellino svizzero), ci mise circa dieci minuti, nei quali cercò di fare in modo che quell'uomo, colpevole solamente di lavorare per un cartello rivale, soffrisse il più possibile.

Una volta terminato il lavoro, diede la testa al suo autista, e rivolgendosi a lui in spagnolo gli disse: "Falla arrivare al capo dei Sinaloa, voglio che capiscano il messaggio."

E se lo poteva permettere, Lucero, di mandare un segnale così forte ai suoi rivali: dopotutto i Diablos Rojos avevano risorse, uomini, e soprattutto armi, ora che le avevano sottratte al cartello di Juárez.

Assieme a Villanueva avevo assistito a tutta la scena, ed anche se mi rendevo perfettamente conto della disumanità di ciò che stava accadendo (o meglio, di ciò che era appena accaduto), la vista del sangue e le grida soffocate di quegli uomini in punto di morte non mi impressionavano più: oramai mi ero perfettamente abituato all'idea che tutto ciò fosse normale. Inoltre, continuavo a ripetere a me stesso, che gli uomini che stavo uccidendo non erano certo degli stinchi di santo, anzi, tutt'altro. Essi erano un male, un problema, un virus da debellare; chiamateli pure come vi pare, non mi importa: tutto ciò che sapevo, è che quegli uomini non rappresentavano nulla di buono per l'umanità, ed il fatto di eliminarli mi faceva sentire un eroe, anche se questo non mi rendeva affatto diverso da loro.

L'autista di Lucero, che aveva ricevuto l'ordine di fare arrivare lo scalpo di quel guerrigliere al capo dei Sinaloa, si apprestò a chiamare altri due uomini, i quali impiegarono meno di dieci minuti di macchina a raggiungerci. Uno di essi prese in consegna quella testa mozzata, e dopo averla messa in un sacchetto di plastica, come se si trattasse di un pezzo di carne da conservare in frigorifero (o in un freezer), risalì in auto insieme al suo compagno e sfrecciò via come un fulmine.
Dopo circa un paio di minuti, anche noi risalimmo in quel vecchio catorcio arancione. Era ormai chiaro, che non ci sarebbe stato nessun incontro con il cartello di Sinaloa, che aveva avuto la brillante idea di mandare i suoi sicari ad uccidere Lucero.
Il messaggio che il boss dei Diablos Rojos voleva mandare, suonava non come una dichiarazione di guerra, ma come una sorta di ultimatum, un'ultima possibilità per i Sinaloa di sottomettersi alla sua autorità, oppure, di soccombere per mano della stessa.
In poco tempo, io e Villanueva fummo riportati all'Hotel Colonial. Prima di scendere dalla macchina, però, Lucero mi prese per un braccio, mi guardò dritto negli occhi, e mi fissò per qualche secondo; io feci lo stesso, e non abbassai gli occhi nemmeno per un istante. Ad un certo punto mi disse: "Muy bien mi hijo, muy bien.." e mi lasciò andare.
Uscii dalla macchina e raggiunsi Villanueva, che mi stava aspettando dall'altra parte della strada.
Appena rientrammo nella nostra stanza, accendemmo la televisione ed ascoltammo il notiziario, che parlava di una sparatoria avvenuta nella periferia della città, in cui erano morte otto persone, una delle quali era stata decapitata.
Era strano, per me, accendere la televisione ed ascoltare delle notizie che già sapevo perché ne ero direttamente coinvolto: tutto ciò mi faceva sentire un passo avanti rispetto agli altri, come se stessi partecipando ad un film di cui ero il protagonista

assoluto, e del quale conoscevo perfettamente la trama.
Ad un tratto guardai l'orologio: erano le sei della sera, e decisi di spegnere la televisione (che trasmetteva solamente notizie a me già note) e sdraiarmi sul mio letto. Mi sentivo stanco come non lo ero mai stato in vita mia. D'altronde, in questo mondo violento, non c'è molto tempo per riposarsi, o per fermarsi a riflettere su quanto faccia schifo questo tipo di vita; insomma, non esistono tempi morti, e se si vuole sopravvivere bisogna essere sempre pronti all'azione, e non farsi mai trovare impreparati.
Mi addormentai per un paio d'ore, e quando mi risvegliai, vidi Villanueva che mangiava i tacos (come al solito). Mi alzai dal letto, e senza dire nulla, decisi di chiamare il servizio in camera e farmeli portare anch'io. Non avevo fame, ma mi rendevo conto che se non avessi mangiato, mi sarei sentito male nelle ore successive, perché mi sarebbero mancate le energie per affrontare il resto della giornata, anche se, almeno teoricamente, non avrei dovuto fare niente di straordinario.
Finalmente i tacos mi furono serviti, e dopo aver pagato l'addetta al servizio (una donna alta e snella sulla trentina) iniziai a mangiare.
Impiegai circa quindici minuti per mangiare, quindi decisi di uscire nel cortile dell'albergo, per prendere una boccata d'aria, dopo un altro pomeriggio trascorso nel sangue e nella violenza, che tanto per me, quanto per tutti coloro che vivono in queste zone, si erano trasformate in un'abitudine.
Appena mi trovai fuori in cortile, mi coricai su uno degli sdrai che si trovavano vicino alle piscine, e vi rimasi a riflettere e pensare: mi mancava la mia famiglia, mi mancavano i miei amici, soprattutto Jack. Speravo che avrei fatto a tempo a rivederlo, prima o poi. Non lo avevo più sentito dall'ultima festa del college, da quando era partito per arruolarsi. Ora che i miei genitori erano morti, lui era una delle poche persone care che mi rimanevano, e non volevo perderlo. Non avevo più

saputo nulla nemmeno di Gabriela, e speravo che il mio piano di farla arrivare negli Stati Uniti, fosse andato a buon fine.
Durante le notti insonni trascorse assieme, lei mi aveva parlato di che cosa significasse per un messicano vivere il sogno americano, soprattutto se proveniva da aree in cui l'unica ambizione che si poteva avere nella vita era quella di riuscire a mettere insieme abbastanza soldi per un pranzo ed una cena al giorno (e Juárez era certamente una di quelle aree).
E mentre la ascoltavo, mi rendevo conto che le sue parole davano voce non solo ai suoi pensieri, ma ai pensieri di un popolo intero, falcidiato dalla guerra tra narcotrafficanti, nella quale i civili pagavano sempre il prezzo più alto, soprattutto in termini economici: infatti, secondo quanto mi aveva raccontato Gabriela, molti proprietari di negozi erano stati costretti a pagare il pizzo addirittura a più bande rivali fra loro, raddoppiando o triplicando il rischio di essere uccisi. Tra di essi, poi, c'era chi, rendendosi conto di non poter sostenere i costi del racket, si era tolto la vita, e non di rado l'aveva tolta anche ai suoi figli, per evitare che la violenza dei narcotrafficanti si abbattesse anche su di loro.
Rimasi nel cortile per circa mezz'ora, e quando tornai nella mia stanza, trovai davanti a me Villanueva, il quale mi comunicò che Lucero ci ordinava di tenerci pronti per il mattino del giorno seguente: i "Los Zetas", che avevano saputo della guerra tra i Diablos Rojos e i Sinaloa, avevano contattato il nostro jefe (o per meglio dire, avevano contattato il boss del cartello in cui noi eravamo infiltrati) per stabilire un'alleanza. Il nostro compito sarebbe stato quello di accogliere i luogotenenti dei Los Zetas a Juárez, in cui Lucero li avrebbe raggiunti per prendere accordi e sancire un'unione tra cartelli.
Pur consapevole di non poter rifiutarmi di svolgere l'incarico a me assegnato, l'idea di questa alleanza mi preoccupava molto: se fosse stata messa in atto, infatti, la vendita di droga ed armi nel territorio statunitense sarebbero aumentate a dismisura, e

questo era esattamente ciò che il nostro esercito voleva evitare, che io stesso volevo evitare! Appena Villanueva finì di darmi istruzioni su ciò che avremmo dovuto fare, io dissi che la cosa migliore da fare, secondo me, sarebbe stata avvertire i nostri commilitoni che si trovavano nella base militare al confine con il Messico, affinché intensificassero i controlli antidroga.
A quel punto, Villanueva mi disse: "No. Ti dico io che cosa faremo. Accoglieremo i luogotenenti dei Los Zetas, ed assisteremo all'incontro. I soldati degli Zetas sono tutti ex militari delle forze speciali messicane, sono ben addestrati e dispongono di mezzi militari a iosa. Avendo sottratto le armi del cartello di Juarez, ora sappiamo dove i Diablos Rojos tengono le proprie, ma non sappiamo ancora dove si trovino quelle dei Los Zetas, e non sappiamo nemmeno dove siano i loro laboratori per fabbricare la droga. Non si comincia una guerra contro un nemico che non si conosce, o che si sta modificando. Dobbiamo prima avere informazioni sufficienti, e quando le otterremo, sradicheremo il problema alla radice."
Mi resi conto ancora una volta che Villanueva aveva ragione, anche in virtù della sua esperienza, superiore di certo alla mia, e tacqui. La sua idea aveva un fine molto più lungimirante della mia: cancellare i cartelli della droga dal Messico, infatti, voleva dire anche demolire anche gran parte di ciò che i narcotrafficanti avevano costruito negli Stati Uniti: da chi sarebbero andate a rifornirsi di droga le piccole gang operanti sul suolo americano, una volta eliminate le loro principali basi di rifornimento? E con cosa si sarebbero armate, se tutti i depositi di armi fossero stati scoperti, messi sotto sequestro e svuotati?
E dove sarebbero potuti scappare i narcotrafficanti, se i loro soldati fossero stati arrestati o uccisi? I grandi imperi della droga sarebbero crollati sotto il loro stesso peso, come un castello le cui mura si sgretolano quando ad esso vengono tolte le fondamenta.

Tuttavia, credetemi o meno, le armi e la droga non erano altro che semplici pedoni in questa scacchiera, dove ciò che faceva veramente la differenza (la regina, se così li vogliamo immaginare o rappresentare) erano i soldi, grandi quantità di soldi, che potevano essere mossi in qualsiasi modo, ed erano capaci di comprare qualunque cosa: armi, droga, e uomini, persino quegli uomini che avevano giurato di difendere la loro nazione, di impedire che i signori della droga prendessero il sopravvento, e che proprio a causa del denaro, erano pronti ad infamare quel giuramento allo stesso modo in cui infamavano se stessi ed il distintivo che portavano. Forse lo facevano perché non avevano mai creduto che potesse esistere una vera giustizia nel loro Paese, senza rendersi conto che erano proprio loro a dover rappresentare la giustizia; o probabilmente, facevano questo per puro istinto di sopravvivenza, perché lo stipendio da poliziotto non era sufficiente a mantenere la propria famiglia, ed anche se fosse bastato, faceva sempre comodo avere qualche migliaio di dollari in più nel proprio conto in banca. Inoltre, gli agenti che venivano assoldati dai cartelli, vedevano diminuire considerevolmente il rischio di essere uccisi dai narcotrafficanti, ai quali i poliziotti corrotti servivano come il pane.

Dalle mie riflessioni su quanto detto da Villanueva, conclusi che per togliere l'ossigeno ai cartelli della droga, bisognava privarli di tutto il denaro di cui disponevano, passando dal sequestrare i soldi che venivano dati in contanti (come quelli con cui Salazar aveva pagato sia me che Villanueva ogni volta che svolgevamo degli incarichi) fino ad individuare e svuotare ogni loro conto in banca; prima di fare questo, però, dovevamo scoprire dove veniva prodotta la droga ed in che modo sarebbe cambiata la gestione delle armi, qualora si fosse sancita un'alleanza tra gli Zetas ed il cartello di Lucero, e l'incontro a cui avremmo dovuto presenziare il giorno seguente era un'occasione d'oro per ottenere una grande quantità di

informazioni su queste organizzazioni criminali. Pensai che finalmente avrei potuto vedere Lucero steso a terra con gli occhi sbarrati ed un foro di proiettile fra di essi (o forse con la gola tagliata). E non ci speravo solamente perché volevo vedere morire l'assassino dei miei genitori, ma anche perché sapevo che, una volta eliminato Lucero il mio compito sarebbe terminato e me ne sarei potuto tornare nella mia Miami, con Gabriela ad aspettarmi.
Improvvisamente il telefono di Villanueva squillò nuovamente, e appena quest'ultimo rispose udii la voce di Lucero, che ci comunicava di tenerci pronti all'incontro per le dieci del mattino del giorno successivo: due dei suoi uomini sarebbero passati all'Hotel Colonial per prelevarci e portarci al luogo dell'incontro (che Lucero, ovviamente, non menzionò al telefono per paura di essere intercettato). Appena la telefonata si concluse, Villanueva telefonò all'agente Teller per ordinargli di tenersi pronto con i suoi uomini e di seguirci ovunque fosse stato necessario; se qualcosa fosse andato storto, gli uomini della task force dovevano essere pronti a proteggerci ed agire in modo da non essere scoperti.
Quando anche quest'ultima telefonata si concluse, io e Villanueva ci stendemmo ognuno sul proprio letto, e ci preparammo a trascorrere un'altra notte in quella stanza che per noi stava diventando una specie di casa in cui trascorrere la nostra vita da agenti infiltrati in un'organizzazione criminale.
Durante la notte ebbi un incubo: davanti a me vidi Lucero mentre decapitava quel soldato del cartello di Sinaloa, ed una volta finito, mi guardava dritto negli occhi e puntava il dito verso di me, dicendomi che la prossima volta sarebbe toccato proprio a me.
Mi svegliai di soprassalto, tutto sudato ed impaurito come non ricordo di esserlo mai stato in tutta la vita: mi alzai dal letto, andai nel piccolo bagno della stanza, e mi feci una doccia con l'acqua fredda per cercare di non pensare a ciò che avevo

sognato. Era facile dare un'interpretazione a quell'incubo: ciò che mi era apparso in sogno non era altro che la mia paura di fallire e di essere scoperto, e, cosa non meno spaventosa, il timore di morire di una morte lenta e sofferente, come quella che Lucero aveva riservato a quel soldato del cartello di Sinaloa, e che probabilmente avrebbe riservato anche a me, se la mia copertura fosse saltata.
Cercai di tranquillizzarmi un po' (o forse di stordirmi) bevendo un bicchiere di tequila dalla bottiglia di Villanueva, che dormiva tranquillo, e non si era nemmeno accorto di me.
Guardai l'orologio e vidi che erano le cinque del mattino. Mi stesi nuovamente sul letto, e mi riaddormentai. Verso le otto mi svegliai nuovamente, anche se devo ammettere che dopo la notte che avevo trascorso me ne sarei rimasto volentieri a dormire per qualche altra ora. Mi misi dei vestiti puliti e presi con me la pistola, per essere sicuro di potermi difendere nel caso mi fossi trovato nel bel mezzo di un'imboscata, anche perché in un mondo così violento non si può mai sapere ciò che da un istante all'altro potrebbe accadere.
Ordinai una colazione a base di cereali, e succo di frutta, che mi fu portata in camera in meno di cinque minuti.
Villanueva, invece, dormiva ancora (il che era molto strano per una persona mattiniera come lui), e nonostante non mancasse molto all'incontro, decisi di non svegliarlo e di fare meno rumore possibile.
Nonostante ciò, il mio compagno fu costretto ad alzarsi dal letto a causa del suo cellulare, che squillò: non appena questi rispose, sentii la voce di un soldato dei Diablos Rojos, il quale ci comunicava che ci stava aspettando fuori dall'hotel. A quel punto, Villanueva saltò giù dal letto, e con il telefono ancora all'orecchio disse al suo interlocutore che avrebbe dovuto aspettarlo e dargli il tempo di prepararsi, perché si era appena svegliato. A queste parole, il soldato ordinò al mio compagno di muoversi, con un tono di voce palesemente irritato.

Trascorsero non meno di dieci minuti prima che Villanueva fosse pronto, un lasso di tempo nel quale io potei finire la mia colazione.

Finalmente il mio compagno fu pronto ad uscire dalla stanza; come al solito, utilizzammo l'uscita di sicurezza per non essere visti da nessuno, e come arrivammo fuori dall'hotel, vedemmo dall'altra parte della strada un SUV nero con i finestrini abbassati, ed un soldato dei Diablos Rojos che ci ordinava di salire. Appena montammo, il SUV partì per una destinazione che ancora non conoscevamo: il viaggio durò una ventina di minuti, anche a causa del traffico, ed appena il guidatore si fermò vidi davanti a me la stessa discoteca in cui, con Villanueva, avevo ucciso il boss del cartello di Juárez insieme a dieci dei suoi uomini.

Riflettendoci bene, era più che logico per Lucero fissare un incontro in quella discoteca (o meglio, in quel che di essa rimaneva, dato che l'avevamo cosparsa di benzina e data alle fiamme): da quel poco che ero riuscito a comprendere di lui (eppure non sono certo un analista), mi sembrava una persona in grado di far far capire le sue intenzioni non solo attraverso le sue azioni (tutti gli uomini sono capaci di fare questo), ma anche attraverso il modo in cui le compieva, e persino il luogo in cui agiva e interagiva con le altre persone. Sembrava che quella discoteca, oramai trasformata in un rudere, fosse stata scelta per mandare un messaggio chiaro ai luogotenenti degli Zetas: i Diablos Rojos erano capaci di tutto, e nella città di Juárez, ormai, erano loro i veri padroni.

E non era un caso neanche il fatto che Lucero avesse scelto proprio me e Villanueva per accogliere gli Zetas: eravamo stati noi a bruciare quel locale, noi avevamo ucciso i soldati del cartello di Juárez, noi avevamo rapinato un loro deposito di armi, noi avevamo eliminato il loro boss. In altre parole, noi avevamo determinato il predominio dei Diablos Rojos (per quanto momentaneo potesse essere) a Juárez.

Ancora una volta avevo avuto l'occasione di comprendere che le ideologie erano ciò che determinava il modo di comportarsi dei cartelli della droga: non a caso, a coloro che tradivano o si mettevano contro queste organizzazioni, venivano amputate quelle o quelle altre parti del corpo, in una sorta di contrappasso dantesco. E cos'altro, se non delle assurde e pazze (oppure false) ideologie, possono spingere l'uomo ad azioni tanto disumane?
La storia non è forse stracolma di esempi in tal senso? Oh, che mi dite del genocidio degli armeni, avvenuto durante la Prima Guerra Mondiale? E cos'altro mi dite, invece, di quello degli ebrei messo in atto dal feroce (e forse pazzo) Hitler, che riteneva la razza ariana tanto superiore a quella ebraica da giustificare lo sterminio di sei milioni di innocenti? E ce ne sono molti altri, sapete, ma di certo non li elencherò, né li descriverò qui.
Scendemmo dal SUV e ci appostammo all'entrata della discoteca ad aspettare i luogotenenti di Sinaloa. Erano le nove del mattino e mancava ancora un'ora all'incontro. Ad un certo punto, però, vidi da lontano una vecchia utilitaria che, a velocità sostenuta, si avvicinava a noi. Istintivamente, avvicinai la mano alla pistola che tenevo dentro i pantaloni, e mi preparai ad estrarla per aprire il fuoco: dopotutto, era stato proprio quello il modo in cui e Villanueva avevamo eliminato le guardie all'entrata del locale, quando ci avevano incaricato di uccidere il boss del cartello di Juárez, e non volevo rischiare di fare la stessa fine di quegli uomini.
La macchina fortunatamente rallentò, e si fermò proprio affianco al SUV. In un istante scesero cinque uomini, che senza dirci nulla ci fissarono con un'espressione talmente seria da farmi pensare che a momenti mi sarei trovato in uno scontro a fuoco, ed il silenzio, che in quel momento regnava sovrano, alimentava questo pensiero.
Poco dopo si udì nuovamente il rombo di un motore, e tutti ci

voltammo per vedere chi si stava avvicinando: scorgemmo da lontano una Mercedes di colore nera, che veniva verso di noi ad una velocità abbastanza sostenuta.
Anche questa volta, mi preparai ad estrarre la pistola, per essere pronto a difendermi se fosse stato necessario. Anche stavolta, però, la vettura si fermò, proprio vicino al SUV sul quale io e Villanueva avevamo viaggiato per arrivare in quella discoteca.
I finestrini della Mercedes erano oscurati, e ciò mi impedì di vedere chi ci fosse dentro a quella macchina fino al momento in cui le portiere si aprirono, e vidi scendere altri tre uomini, uno dei quali era il nostro jefe, Lucero, detto "El lobo", vestito come un barbone, esattamente come la prima volta che lo avevo incontrato.
Ad un certo punto, uno degli individui che era sceso dalla macchina utilitaria si avvicinò a Lucero, lo fissò dritto negli occhi, e poi lo abbracciò chiamandolo "hermano", ovvero "fratello". Trascorse qualche minuto, in cui i due parlarono del più e del meno, e delle loro burrascose vicende con l'esercito messicano e con le forze di polizia, delle quali, per quanto corrotte, una parte era rimasta fedele al proprio dovere di buoni agenti, o in altre parole, a quello che in America chiamiamo il compito di proteggere e servire, riuscendo a sopravvivere rifiutando il denaro dei cartelli e contrastandoli con tutti i mezzi a loro disposizione. D'altronde, per quanto in Messico la corruzione fosse diffusa, non è bene fare di tutta l'erba un fascio.
I due parlavano con sprezzo delle forze di polizia, soprattutto dei poliziotti che avevano scelto di non farsi corrompere, continuando a ripetere che per quanti agenti fossero riusciti ad assoldare, ne spuntava sempre qualcun altro dal nulla, pronto a metter loro i bastoni tra le ruote; e non usavano termini più lusinghieri nemmeno per quelli che si erano fatti corrompere: si lamentavano, infatti, della loro incompetenza, li descrivevano

come degli idioti, talmente incapaci da non meritare nemmeno la loro considerazione, e continuavano a domandarsi l'uno con l'altro (in modo palesemente sarcastico) il motivo per cui continuavano a pagarli, invece di ucciderli e trovarne altri più capaci.
Ad un certo punto, però, il boss dei Los Zetas disse a Lucero: "Pues hermano, ahora tenemos que hablar sobre cuestiones mas importantes. [Bene, fratello, ora dobbiamo parlare di questioni più importanti]" e Lucero annuì con la testa, ed ordinò a me e Villanueva di aprire la discoteca.
Appena entrammo nel locale, ci sedemmo davanti a quel che restava del bancone del bar, e finalmente Lucero e il boss dei Los Zetas iniziarono a parlare di affari, e di come dividersi il traffico di droga ed armi. Ma queste non furono le uniche questioni di cui discussero, perché c'era un'altra fonte di guadagno per i cartelli messicani: il traffico di esseri umani, in particolare di migliaia di messicani che, stanchi delle penose condizioni di vita nel loro Paese, volevano vivere il sogno americano, di cui, come ho già detto nelle pagine precedenti, anche Gabriela mi aveva parlato.
Il traffico poteva avvenire nei modi più svariati: la maggioranza di migranti messicani arrivava negli Stati Uniti attraversando il Rio Bravo, con l'uso di gommoni dotati di corde a cui si potevano aggrappare fino a dodici persone. Questo metodo, nonostante fosse il più utilizzato dai narcotrafficanti, era anche il più pericoloso, soprattutto nei periodi in cui, a causa della pioggia, non solo aumentava la quantità d'acqua nel fiume, ma anche (e soprattutto) la corrente, e metteva a repentaglio la vita di molte donne e molti bambini. Ma in fondo, che cosa poteva importare ai trafficanti se qualche decina di persone moriva nelle acque del Rio Bravo, una volta che questi avevano pagato loro il costo del trasporto (se così si può chiamare)? Il prezzo per questo tipo di trasporti era molto alto, e poteva raggiungere fino a duemila dollari

statunitensi, ed il guadagno per i signori della droga era garantito in ogni caso.

La conversazione tra i due boss durò circa un'ora, durante la quale Villanueva segnava su un foglio di carta le zone di Juárez e di tutto il Messico in cui ognuno dei due cartelli poteva esercitare le proprie attività senza poter invadere il territorio dell'altro per non scatenare una guerra tra bande.

Secondo quanto pattuito, a noi (o per meglio dire, al cartello in cui eravamo infiltrati) sarebbe spettato il controllo di tutte le attività di produzione, lavorazione e vendita di cocaina e marijuana del Messico, mentre gli Zetas avrebbero gestito il traffico di esseri umani, con cui i loro guadagni (stando alle parole dei loro luogotenenti) erano aumentati parecchio durante gli ultimi mesi, ed erano destinati a crescere anche a causa della guerra contro l'esercito americano posizionato al confine con il Messico.

Per quanto riguardava il traffico di armi, invece, gli Zetas erano disposti a comprare il venticinque per cento degli armamenti che avevamo sottratto al cartello di Juárez, in modo da poter disporre di una potenza di fuoco pari a quella dei Diablos Rojos. In compenso, la nostra organizzazione avrebbe acquistato alcuni droni militari che provenivano dalla Russia, e che gli Zetas avevano comprato a loro volta dalla mafia russa.

Appena il colloqui terminò, Lucero ed il boss degli Zetas si strinsero la mano, come due veri uomini d'affari, che sanno di aver appena concluso quello che in spagnolo si chiama "buen negocio". Nonostante gli accordi fossero stati definiti, c'era ancora un compito da svolgere per rendere i traffici sicuri ed evitare di subire imboscate come quella in cui ci eravamo trovati io e Villanueva quando avevamo scortato e protetto Lucero per la prima volta: reclutare uomini e distruggere tutte le piccole gang affiliate ai cartelli di Sinaloa e Juarez. Tutti dovevano capire che grazie a questa alleanza si stava per formare una nuova linea di comando, e che le condizioni per la sopravvivenza stavano cambiando, come in una sorta di selezione naturale darwiniana alla quale ogni essere vivente doveva adattarsi per non soccombere. Sembrava proprio che questa volta la selezione naturale dei cartelli della droga avesse favorito Lucero e i Diablos Rojos, assieme agli immancabili Zetas, ovviamente.

Anche se le scene di sangue e di morte non mi facevano più paura, mi venivano i brividi a pensare all'ondata di violenza che avrebbe travolto il Messico nelle settimane successive, e quel che mi turbava ancor di più era il fatto che io avrei dovuto essere parte attiva di questo scempio, uno scempio che dovevo fermare ad ogni costo.

Questi pensieri invadevano la mia mente a tal punto che in pochi istanti mi trovai in una sorta di stato di ipnosi, dal quale, però, Lucero mi fece uscire subito, con uno schiocco di dita a pochi centimetri dal mio volto, e con una serie di imprecazioni che servivano a richiamare la mia attenzione.

In un istante, tutto ciò a cui stavo pensando fino all'attimo precedente fuggì dalla mia mente allo stesso modo in cui una foglia caduta viene portata via da una folata di vento, e di nuovo mi ritrovai davanti a quelle brutte facce, che avrei dovuto vedere per chissà quanto tempo ancora.

Lucero mi disse che lo sterminio di tutte le piccole gang rivali sarebbe iniziato il giorno successivo, e che una volta portato a termine, saremmo stati io e Villanueva ad occuparci dei traffici di droga nella città di Juarez, mentre altri dei suoi soldati più fidati sarebbero stati mandati nei principali laboratori e luoghi di smercio della cocaina in tutto il resto del Messico. Il nostro compito sarebbe stato quello di far passare la droga oltre il confine con gli Stati Uniti; chiunque volesse vendere la droga dei Diablos Rojos nella città di Juarez, avrebbe dovuto parlare con noi. Anche gli spacciatori senza un capo per cui lavorare avrebbero dovuto adattarsi alle nuove condizioni. La pena per coloro che non lo facevano, ovviamente, non c'è alcun bisogno che ve la dica. Per quanto riguardava i trasporti, inoltre, sarebbe stato compito nostro ingaggiare i trasportatori, ed i mezzi principali dovevano essere le macchine utilitarie, seguite dai furgoni e dai camion (per le quantità più consistenti).

La droga veniva solitamente collocata dentro i serbatoi di benzina, e veniva racchiusa in panetti di uno o due chili, preparati in modo da non renderli individuabili dai cani antidroga. A volte, però, succedeva che si scavassero dentro ai sedili dei veri e propri "ripostigli", che venivano puntualmente riempiti di cocaina, marijuana e altre sostanze stupefacenti.

Il nostro compito era quello di assicurarci che la droga arrivasse negli Stati Uniti e non venisse intercettata dalla polizia o dall'esercito. La nostra posizione all'interno dell'organizzazione stava diventando sempre più importante, e questo ci permetteva di avere una quantità esorbitante di informazioni da fornire ai nostri commilitoni ed alla polizia statunitense.

Tutto ciò mi dava fiducia, e mi faceva pensare (e soprattutto sperare) che presto tutta questa storia si sarebbe conclusa (nel giro di qualche settimana, o al massimo di qualche mese). Finalmente avrei potuto vendicare la mia famiglia e me ne sarei potuto tornare a casa. E dopo aver fatto giustizia, me ne sarei andato al cimitero nel quale i miei erano stati sepolti: non avevo potuto nemmeno presenziare al loro funerale, a causa della mia partenza per l'accademia militare, e desideravo tanto dare loro un ultimo saluto, sicuro del fatto che, da qualche altro mondo che nessun uomo vivo conosce, mi avrebbero udito.

Le trattative tra gli Zetas e i Diablos Rojos erano ormai concluse. Tutte le decisioni erano state prese, allo stesso modo in cui, durante un consiglio di amministrazione, si decide per la fusione di due società e per la ripartizione equa dei profitti, che in questo mondo non erano solamente una sicurezza, ma rappresentavano un obbligo che andava rispettato ad ogni costo, una sorta di conditio sine qua non dei narcotrafficanti.

Finalmente, dopo quasi due ore, uscimmo da quel locale distrutto, dal quale ancora riuscivo a percepire l'odore del fumo ed il calore del fuoco che lo aveva bruciato.
Una volta varcati i cancelli della discoteca, salimmo di nuovo nel SUV con cui eravamo arrivati, ed il guidatore ci riportò all'Hotel Colonial di Juarez, che ormai stava diventando la nostra casa, a spese di Lucero.
Appena entrammo nella nostra stanza, mi spogliai e mi rituffai sul letto, che era stato puntualmente rifatto dal personale addetto alle pulizie delle camere. Mi addormentai per circa tre ore, e non pranzai nemmeno a causa della stanchezza. Quando mi risvegliai, guardai il cellulare e vidi che in queste tre ore mi avevano telefonato per cinque volte. Le chiamate provenivano dal numero di Gabriela, che mi affrettai a richiamare immediatamente. Gabriela rispose in meno di due secondi, e iniziò a dirmi che si era preoccupata molto, e che avrei dovuto risponderle quando mi aveva telefonato. Mi disse che era arrivata a Miami, e si trovava già a casa del detective Johnson e sua moglie. Poi aggiunse: "Sto giocando con Kobe in questo momento. È un cane adorabile. E dire che lo avevano preso come cane da guardia.. Figurati! Se venissero dei ladri li accompagnerebbe fino alla cassaforte! Ed il detective Johnson e sua moglie sono persone adorabili, mi hanno fatto sentire subito a mio agio! Ora manchi solo tu, Andrew. Cerca di tornare tutto intero."
Al sentire quelle parole, le ripetei la promessa che le avevo fatto quando era partita per gli Stati Uniti. Le avevo giurato che non sarei morto in Messico, ma che ci saremmo rivisti a Miami, nella mia città, e saremmo stati insieme.
Appena la telefonata si concluse, Villanueva mi disse: "Da questo momento otterremo una quantità di informazioni tale da spazzare via il cartello degli Zetas e dei Diablos Rojos in una sola volta. Ma non credere che dopo tutto finisca: morto un Papa, se ne fa sempre un altro. Ci sarà sempre qualcuno che

aspirerà a prendere il loro posto. Dobbiamo prepararci ad un'ondata di violenza ed omicidi che durerà fino a che tutti non si sottometteranno a questa nuova linea di comando."
"Che possiamo fare per tutti gli innocenti che moriranno?" domandai io, e Villanueva mi rispose: "Nulla. Dobbiamo solo avvertire i nostri commilitoni, che si preparino a bloccare tutti i carichi di droga possibili. Chiederò un incontro con la squadra d'assalto, e darò loro tutte le informazioni che abbiamo ottenuto quest'oggi, affinché le facciano arrivare alla base militare nel sud del Texas. E lo farò oggi stesso."
Così dicendo, Villanueva afferrò il cellulare e chiamò Teller per fissare un incontro, e quest'ultimo gli rispose che la squadra era a sua disposizione a qualsiasi ora lui volesse. L'incontro fu fissato alle otto della sera stessa, in un piccolo ristorante messicano vicino all'Hotel Colonial. Appena la telefonata si concluse, Villanueva mi disse: "Questa sera, quando andrò all'incontro con la task force, controllerai che nessuno mi segua. I cartelli hanno occhi ed orecchie dappertutto. Può darsi che abbiano già mandato qualcuno per seguire tutti i nostri movimenti. Posizionati in un luogo dell'albergo da cui si possa vedere tutto, e porta con te il binocolo. Se qualcuno mi segue, chiamami. Due uomini della task force mi guarderanno le spalle, pronti a fare fuoco in caso di necessità."
Io annuii con il capo, ed uscii sul balcone della stanza per misurare (seppure in modo sommario) l'altezza tra il pavimento della balconata ed il tetto, sul quale sarei dovuto salire per avere la possibilità di osservare tutto ciò che succedeva in strada. Fortunatamente l'altezza tra pavimento e tetto non era eccessiva, e avrei potuto arrampicarmi abbastanza agevolmente. Rientrai in stanza per prendere il cannocchiale, e quando lo trovai lo appoggiai sul mio letto, in modo tale da averlo pronto per quando fosse stato necessario. Le ore passarono in fretta, e finalmente arrivò il momento per Villanueva di incontrare il capo della task force e dargli tutte le

informazioni di cui i nostri commilitoni avevano bisogno per fermare i traffici di droga. La tensione saliva dentro di me, come il mercurio di un termometro quando viene appoggiato sul corpo di una persona febbricitante.

Come pianificato un paio d'ore prima, mi arrampicai sul tetto dell'albergo, ed appena trovai un punto da cui vedere il tragitto che portava dall'hotel al ristorante in cui l'incontro era stato fissato, mi ci posizionai con il binocolo. C'erano circa quattrocento metri di strada tra l'Hotel Colonial e quel locale, e per percorrerli a piedi sarebbero stati necessari non meno di cinque o dieci minuti, anche perché i marciapiedi erano molto trafficati. Proprio il gran flusso di gente avrebbe reso più difficile il mio compito, perché per me sarebbe stato molto più complicato individuare eventuali soggetti sospetti, e per gli uomini della task force sarebbe stato più difficile eliminarli.

Villanueva uscì dall'albergo alle ore 19:45, ed iniziò a camminare tra la folla. Io nel frattempo lo tenevo d'occhio con il binocolo, e per i primi duecento metri vidi che nessuno lo seguiva. Ad un certo punto, però, vidi due tizi armati di pistola che scendevano da una vecchia utilitaria bianca. Afferrai il telefono ed avvertii il mio compagno con un messaggio. Lui, come se nulla fosse, continuò la sua camminata per altri cinquanta o sessanta metri, quand'ecco che apparvero altri due uomini, anch'essi armati, dal lato opposto della strada, e iniziarono a camminare verso Villanueva. Iniziai a pensare che per il mio compagno fosse la fine. In pochi secondi, gli uomini che camminavano verso di lui lo raggiunsero, afferrarono le pistole, e quando pensai che stessero per spargli, lo sorpassarono ed iniziarono a sparare all'impazzata verso gli altri due. In pochissimi secondi la folla si disperse, terrorizzata dagli spari. Villanueva si rese conto che questa volta non sarebbe toccato a lui morire, e si mise a correre verso il ristorante messicano in cui aveva fissato l'appuntamento con Teller. Una volta arrivato, mi chiamò al cellulare e mi ordinò di

continuare a controllare che nessun soggetto sospetto entrasse nel ristorante. L'incontro con Teller durò per circa un'ora, e durante questo lasso di tempo la situazione restò tranquilla, eccezion fatta per il rumore delle sirene di ambulanze e volanti della polizia, che avevano raggiunto il luogo della sparatoria e stavano cercando testimoni ed indizi. Verso le nove Villanueva uscì dal ristorante ed iniziò a camminare verso l'hotel. Data la presenza della polizia messicana, nessuno lo seguì, ed in circa dieci minuti arrivò davanti all'entrata principale dell'albergo. Scesi dal tetto, e tornai nella mia stanza, nella quale Villanueva mi raggiunse in un paio di minuti. Appena entrò in camera mi disse: "Ho passato tutte le informazioni a Teller. Presto i nostri commilitoni conosceranno i piani di Lucero, e finalmente potremo fermarli. Ora sono stanco, me ne vado a dormire."
Così dicendo, si spogliò, si gettò sul letto, e si addormentò. Io, invece, che non avevo ancora mangiato nulla (mentre presumo che Villanueva avesse messo qualcosa sotto i denti, dato che si era incontrato con Teller proprio in un ristorante), ordinai la cena, che mi fu portata in camera circa quindici minuti dopo.
Mangiai con calma quel piatto di cucina messicana, del quale non ricordo nemmeno il nome, a base di carne e fagioli.
Quando terminai di mangiare erano già le undici della sera, ed anch'io decisi di mettermi a dormire. Mi addormentai fino alle nove del giorno successivo, e quando mi risvegliai vidi Villanueva che stava guardando il notiziario del mattino, che parlava della stessa sparatoria della sera prima. I giornalisti non avevano svelato l'identità delle 4 persone coinvolte (delle quali 3 erano morte, mentre la quarta era riuscita a fuggire), ma secondo quanto raccontato dal telegiornale, sembrava si trattasse di un regolamento di conti tra piccole bande indipendenti, non legate a nessuno dei grandi cartelli della droga. Altre indiscrezioni, invece, parlavano di una sparatoria avvenuta per motivi passionali. La polizia aveva indagato sui precedenti penali delle persone coinvolte, e due di questi erano

già stati arrestati per detenzione illegale di armi bianche e armi da fuoco, spaccio di sostanze stupefacenti come metamfetamina e marijuana. Scavando più a fondo ed analizzando i messaggi e le telefonate, le autorità avevano scoperto che il motivo principale della sparatoria era una ragazza, il cui fidanzato, con precedenti penali, essendo stato minacciato dal padre e dal fratello di quest'ultima, aveva deciso di rispondere alle minacce, e si era presentato armato ed in compagnia di un amico all'appuntamento con il padre ed il fratello della ragazza. L'indagine, che era partita subito dopo l'arrivo della polizia sul luogo della sparatoria, era durata tutta la notte, e l'ipotesi di un regolamento di conti per motivi passionali si era dimostrata la più plausibile, anche se ovviamente non era l'unica. Al sentire quella notizia, Villanueva, che aveva sentito il rumore dei miei passi, mi disse: "Ed io che pensavo fossero venuti per me.. Ci sono tanti modi in cui possiamo rischiare di essere uccisi, ma di questo non avevo proprio tenuto conto. Ieri ero certo che quattro uomini mi avessero seguito per prendermi, e poi sento al telegiornale che ho rischiato di farmi ammazzare per una sgualdrina che stava con un delinquente, e per i suoi familiari iperprotettivi? Puah.. Che assurdità.."
"Sì, è proprio una cosa assurda" risposi io. Poi aggiunsi: "Anch'io ho pensato di morire tante volte da quando ho iniziato questa missione, ma di sicuro non immaginerei mai di farmi uccidere per questioni che nemmeno mi riguardano."
Villanueva, udendo le mie parole, ostentò una risata amara, e ribatté: "Beh, tutto bene quel che finisce bene. Ho consegnato le informazioni a chi di dovere. Il nostro compito terminerà presto, e ce ne potremo tornare a casa, se Dio lo vorrà. In caso contrario, spero che la mia morte sia veloce ed indolore."
Continuammo ad ascoltare il telegiornale, che parlava di un'ulteriore sparatoria avvenuta a Città del Messico la notte precedente: questa volta si trattava di un regolamento di conti

tra bande. Secondo quanto raccontavano i giornalisti, sembrava che una gang affiliata al cartello degli Zetas avesse aperto il fuoco contro altre piccole bande di spacciatori e criminali, legati al cartello di Sinaloa. Al sentire quella notizia, Villanueva mi guardò e disse: "Dunque ci siamo. La tempesta è iniziata, ed ha già mietuto le sue prime vittime. Arriverà anche qui, Andrew. Dobbiamo tenere gli occhi aperti ed essere pronti. Il sangue scorrerà a fiumi in tutto il Paese, ma in questa città ne scorrerà ancor di più. Juarez è il punto principale di smercio della droga verso gli Stati Uniti. E tutti i cartelli aspirano ad aggiudicarsi il predominio su questo schifo di città. Sarà meglio per noi non abbassare mai la guardia, ora che i Diablos Rojos stanno per ottenere definitivamente il monopolio dei traffici di stupefacenti." Io risposi: "Se devo essere onesto, non so se sia meglio una guerriglia dove dei criminali si ammazzano tra di loro, o una pace con cui le organizzazioni criminali si rafforzano."
Villanueva ribatté: "A dire la verità, non lo so neanch'io."
Stava per dire qualcos'altro, ma lo interruppe il rumore di uno sparo che proveniva dalla strada, e che fu seguito da altri spari. Al sentire quei rumori, spalancò gli occhi, si girò verso di me, e disse: "Vai a guardare! Presto! Sul tetto! Io inizio ad armarmi."
Eseguii l'ordine immediatamente e mi arrampicai sul tetto allo stesso modo in cui lo avevo fatto la sera prima, portando con me il binocolo. Misi il binocolo davanti agli occhi, e vidi che sei uomini armati di mitraglietta stavano sparando contro un gruppo di ragazzi, anch'essi armati di pistole, posizionati sul lato opposto della strada. Dopo circa una decina di secondi vidi le macchine della polizia arrivare, ed anche gli agenti delle forze dell'ordine iniziarono ad aprire il fuoco. La sparatoria durò per circa dieci minuti, durante i quali non riuscii a capire a che gang appartenevano i soggetti coinvolti. Alla fine della scaramuccia, erano morti quattro agenti di polizia, ed altri quattro criminali, mentre quelli che erano sopravvissuti erano

riusciti a fuggire a piedi, ed avevano lasciato persino le armi per evitare di essere scoperti dalla polizia, la quale, nel frattempo, aveva mandato sul luogo della sparatoria altre due volanti. La strada affianco all' Hotel Colonial si riempì nel giro di un quarto d'ora di ambulanze e giornalisti, che fotografavano i corpi degli agenti e dei criminali stesi a terra e privi di vita, prima che i medici li ricoprissero con dei teloni bianchi di plastica e li portassero all'obitorio della città.
La folla, che prima si era dispersa per paura di essere colpita dalle raffiche di proiettili, urlando e correndo in ogni direzione, ora tornava ad affollare quella strada, curiosa di capire non tanto che cosa fosse successo, ma il motivo per cui quella sparatoria era avvenuta. Con il binocolo agli occhi continuavo a guardare quella strada, e vedevo la paura negli occhi della folla, che non riusciva a capacitarsi di ciò che era appena accaduto, non era in grado di spiegarsi il motivo di tanta morte e di tanto sangue versato in quelle poche decine di metri di asfalto. Tante persone con le lacrime agli occhi e con le mani nei capelli invocavano il Cielo, affinché il Creatore stesso ponesse fine a questo scempio, o forse si domandavano dove fosse il Dio che tanto pregavano, quando succedevano queste cose. Decisi di ritornare in camera: non c'era più nulla da vedere. Due ore dopo, il telegiornale diede la notizia di un regolamento di conti tra bande del narcotraffico, in cui avevano perso la vita quattro uomini legati al cartello di Sinaloa. Villanueva, sentendo la notizia, volse lo sguardo verso di me, e disse, per la seconda volta: "Ci siamo." Poi aggiunse: "Infine la guerra tra cartelli è ricominciata anche qui. Spero che le informazioni che ho fornito alla task force arrivino in fretta ai nostri soldati. Per fermare tutto questo, ci serve l'appoggio dell'esercito." Io tacqui, e annuii con la testa. Era giunto il momento di distruggere i Diablos Rojos. L'ora della mia vendetta contro Lucero, stava per arrivare.

7. EL DIABLO Y LOS ZETAS: L'ALLEANZA

Nelle due settimane successive a quella sparatoria, i Diavoli Rossi e gli Zetas attuarono vere e proprie stragi di uomini per tutto il Messico. Non c'era giorno in cui un telegiornale non desse la notizia di una sparatoria o di persone (spesso innocenti) che morivano a causa della guerra tra narcotrafficanti.
Sembrava di essere tornati ai tempi della Seconda Guerra Mondiale, quando Hitler aveva messo in atto il suo piano per la "soluzione finale" contro gli ebrei. Quello che stava avvenendo in ogni città del Messico era un vero e proprio genocidio, di persone che avevano la sola colpa di appartenere alla gang sbagliata. E che vi piaccia o meno, non si parlava solamente di criminali, ma anche delle loro famiglie: donne e bambini, che nella migliore delle ipotesi venivano uccisi a sangue freddo, nella peggiore, stuprati, mutilati e sgozzati per puro divertimento, da sicari che nella stragrande maggioranza dei casi riuscivano a sfuggire alla cattura, sparendo nell'ombra come fantasmi, e riapparendo al momento di commettere un nuovo omicidio.
Ogni volta che ascoltavo il telegiornale, vedevo corpi mutilati, teste tagliate di uomini, donne e bambini, e mi venivano i brividi al solo pensiero che (me ne vergogno a dirlo) anch'io ero stato parte attiva di uno scempio che avrebbe portato anche l'uomo più razionale del mondo a dubitare dell'esistenza di un qualche senso nella vita della razza umana.
Io e Villanueva avevamo avuto il compito di reclutare gli uomini che avrebbero svolto certi incarichi, anche se mi rendo (e mi rendevo) conto che chiamarli uomini è a dir poco inappropriato. Non sarebbe stato giusto nemmeno chiamarli "animali", perché neanche gli animali sono in grado di commettere gesti tanto efferati; è vero, gli animali si uccidono tra di loro, ma non lo fanno per puro divertimento, lo fanno per

mangiare, o per non essere mangiati. Essi rispettano le leggi della natura, quelle leggi né dette, né scritte che si creano per un puro istinto di sopravvivenza, e che regolano tutto il mondo animale. La definizione più adatta per quegli uomini era contenuta nel nome del cartello a cui erano affiliati: essi erano dei Diablos, dei demoni, pervasi dalla sete di sangue, il ché peraltro giustificava anche la seconda parte del nome di quell'organizzazione: Diablos Rojos, Diavoli Rossi, demoni il cui unico scopo era far scorrere il sangue di migliaia di persone.
Molti giornalisti, che avevano avuto il coraggio di raccontare a tutto il mondo la verità su ciò che stava accadendo in Messico, avevano ricevuto minacce di morte, persino ad indirizzo dei loro familiari; per alcuni di loro, che avevano tentato di ribellarsi ed avevano continuato a parlare davanti alle telecamere, le minacce di morte erano state attuate, tanto che i pochi giornalisti che avevano ancora il coraggio di apparire in televisione, avevano deciso di coprirsi il volto per non essere individuabili dai narcotrafficanti.
La polizia messicana in queste due settimane era diventata sempre più facile da corrompere, e ogni giorno aumentavano gli agenti che volontariamente si facevano assoldare dai narcotrafficanti per non rischiare di essere uccisi.
I laboratori per la lavorazione della droga aumentavano, e con essi cresceva anche il numero di coloro che consumavano cocaina. La tossicodipendenza giovanile stava raggiungendo livelli sempre più alti, e con essa, anche il numero dei reati minori era aumentato. Ragazzini di dodici o tredici anni abbandonavano la scuola sempre più di frequente, giravano per le case e rubavano tutto ciò che potevano, pur di potersi comprare una dose.
L'involuzione della società messicana era a dir poco impressionante, ed il degrado che si diffondeva in ogni città stava letteralmente radendo al suolo ogni speranza di un

miglioramento della situazione sociale in Messico. Dopo due settimane che trasformarono il Paese in un vero e proprio inferno, la situazione tornò tranquilla, anche perché tutte le piccole gang che erano legate ai cartelli di Sinaloa e Juarez si erano sottomessi o erano state travolte dalla furia dei Diablos Rojos e degli Zetas, che possedevano armamenti militari ed un maggiore numero di uomini, la maggior parte dei quali proveniva dall'esercito e dalle forze speciali messicane.
Il cartello dei Diablos Rojos possedeva centinaia di laboratori per la produzione e la raffinazione della cocaina in tutto il Messico.
Oltre a questo, Lucero aveva investito milioni di dollari per comprare delle ditte di logistica e trasporto merci da utilizzare per trasportare la droga dai laboratori a Juarez, che era diventata il principale centro per il suo smistamento verso gli U.S.A.
Quando la guerra fra bande si concluse, i Diablos Rojos poterono dare inizio ai trasporti delle sostanze stupefacenti oltre il confine. Io e Villanueva, come da disposizioni di Lucero, iniziammo a reclutare uomini che potessero portare marijuana e cocaina all'interno del territorio statunitense, e nello stesso tempo, ogni volta che reclutavamo un uomo per un carico di droga, Villanueva lo comunicava alla task force mettendo un biglietto di carta con tutte le informazioni necessarie in una bottiglia di birra vuota, che si occupava di lasciare sempre in un luogo sicuro.
La fiducia che Lucero ci dava ci consentiva di fare il doppio gioco senza essere controllati dai suoi soldati. Tuttavia, Villanueva mi raccomandava sempre di essere prudente, e di non fare mosse incaute, perché non si poteva mai sapere chi potesse stare a guardarci.
Il mese di dicembre era ormai giunto, e per la città di Juarez ci si preparava all'arrivo imminente di Natale. Tuttavia, in Messico, ed a Juarez in modo particolare, non si respirava

nessuna aria di festa. Al contrario, era ancora la paura ad invadere i cuori dei messicani, ancora intimoriti dalla potenza dei nuovi re del narcotraffico. In città non si vedeva nessuna decorazione natalizia, le strade erano invase da tossicodipendenti e da prostitute, che avevano iniziato a lavorare anche nel centro di Juarez, e attiravano sempre più clienti. Lo sfruttamento della prostituzione era un mercato su cui Lucero non aveva mai voluto investire più di tanto: solitamente, non erano i suoi soldati a gestirlo direttamente, ma si accontentava di possedere qualche casa chiusa in giro per il Messico, che lasciava nelle mani di piccole gang, le quali si tenevano il novanta per cento dei profitti, mentre il restante dieci per cento lo davano a lui come "tassa di protezione". Nessuno sapeva il motivo per cui Lucero non volesse controllare anche la prostituzione, e di certo nessuno avrebbe mai osato chiederglielo.
Il giorno di Natale non si fece attendere, ed anche se mi sarebbe piaciuto festeggiarlo a casa con amici e parenti, mi ritrovai a dovermi scambiare gli auguri di buon Natale con Villanueva, nella stanza 39 dell'Hotel Colonial di Juarez.
La sera del 25 dicembre 2003, alle nove della sera, ordinammo la cena: in occasione del cenone di Natale, lo staff dell'hotel ci offriva un menù natalizio di cucina messicana, a base di carne, verdure, e dolci tipici messicani, dei quali non ricordo il nome, ma solamente il sapore squisito, che mi è rimasto impresso dopo tanto tempo come uno dei pochi ricordi positivi del Messico e di Juarez. Mentre mangiavo mi ricordavo di tutte le volte che i miei genitori mi avevano preparato il pranzo o il cenone di Natale, e mi tornavano in mente tutti i bei momenti che avevo trascorso con loro, e che a causa dei narcotrafficanti non avrei mai più potuto trascorrere.
Era la prima volta che festeggiavo il giorno di Natale lontano da casa, ed il pensiero di non poterci tornare e di non avere la certezza che ci sarei tornato mi metteva tristezza e paura allo

stesso tempo. Impiegammo circa un'ora per mangiare, e dopo la cena arrivò il tanto atteso momento del brindisi.
Villanueva, che aveva ordinato una bottiglia di tequila, riempì il mio bicchiere fino all'orlo, e fece altrettanto con il suo.
"A che cosa brindiamo?" gli chiesi io, ostentando un sorriso amaro.
"Brindiamo ad un Felice Natale, ed alla morte di tutti i Diablos Rojos!" esclamò Villanueva.
"Ne sei davvero sicuro? Sarà la loro fine o la nostra?", ribattei io, con tono preoccupato.
Villanueva, al sentire quelle parole, mi fissò con espressione di rimprovero, come a dirmi che non era quello il momento di essere pessimisti, e mi disse: "La loro, ovviamente! La loro! Tra non molto tornerai a casa figliolo, vedrai!"
Continuammo a bere tequila fino a finire la bottiglia, e ci addormentammo fino al giorno seguente.
La mattina del 26 dicembre mi risvegliai alle nove, ancora un po' rintronato per quanto avevo bevuto la sera precedente. Avevo ancora l'alito che puzzava di tequila, e per poco non mi venne da vomitare.
Come mi alzai dal letto, vidi Villanueva che stava guardando il notiziario del mattino, che parlava della scomparsa di un giornalista durante la notte: secondo quanto raccontato dai colleghi, aveva ricevuto minacce di morte dal cartello degli Zetas, per aver parlato del traffico di esseri umani e per aver tentato di intervistare molte persone che avevano provato ad eludere la polizia di confine americana e ad entrare clandestinamente nel territorio statunitense, e che alla vista di quel giornalista e delle telecamere erano scappati per non essere ripresi.
Il suo nome era Carlos Marques, era nato a Tijuana ma si era trasferito a Juarez, con lo scopo di vedere da più vicino, anche attraverso gli sguardi di persone innocenti, l'orrore portato dai narcotrafficanti in Messico. Era chiamato Carlitos, per la sua

bassa statura, ed era ben conosciuto da tutti a Juarez, purtroppo anche dai cartelli della droga che, dopo varie intimidazioni, avevano deciso di metterlo a tacere una volta per tutte. Stando ai racconti della CNN, il sangue ed i segni di trascinamento presenti nel pavimento del salotto della sua abitazione facevano pensare che i sicari degli Zetas lo avessero seguito fino a casa sua, e dopo averlo picchiato per stordirlo lo avevano preso e trascinato fuori, per portarlo chissà dove, torturarlo, ed infine ammazzarlo. Il suo corpo non era ancora stato trovato, ma secondo quanto dichiarato dalla polizia messicana le probabilità che quell'uomo fosse vivo erano praticamente nulle, o per lo meno, la speranza che non fosse già stato ucciso si affievoliva, minuto dopo minuto, ora dopo ora.
Della sua famiglia (una moglie e tre figli) non si avevano notizie da ormai due anni: era evidente che, a causa delle minacce subite, si erano trasferiti altrove, forse negli Stati Uniti, o in Europa.
"Se la sua famiglia si è trasferita, speriamo almeno che siano al sicuro, lontano dalla violenza di questo mondo" disse Villanueva.
Al sentire quelle parole, quasi mi venne da ridere, e dissi: "Certo.. Al sicuro.. Come la mia famiglia?"
Villanueva si girò di scatto verso di me, e vedendomi in piedi mi disse: "E che diavolo sarebbe successo alla tua famiglia? Ti sei appena alzato dal letto, e già cominci con il pessimismo?"
Io gli risposi alzando la voce: "Io non sono pessimista, ma realista Carlos. Vivevo a Miami. E la mia famiglia è stata sterminata da questi bastardi. I cartelli arrivano dappertutto, non c'è luogo in questo mondo in cui non riescano ad arrivare. In un modo o nell'altro, con le parole o con la forza, ottengono sempre quello che vogliono, che siano soldi, uomini, o sangue, ed in questi mesi me ne sono reso conto come mai in tutta una vita. Per cosa credi che io sia venuto qui, Carlos? Io li voglio vedere stesi a terra, a implorare pietà mentre il loro sangue

bagna le strade. Voglio osservare come la vita li abbandona, e godermi la loro agonia fino all'ultimo istante!"
Al sentirmi dire queste parole, Villanueva ribatté: "Andrew, e per che cosa credi che siamo qui? Non mi sono infiltrato per servire il cartello. Mi sono infiltrato per distruggerlo dall'interno, ma per fare questo devo comportarmi come se ne facessi parte! Che ti piaccia o no, tu dovrai fare lo stesso. Li vedrai soffrire, e morire. Vedrai Lucero con la testa mozzata se lo vorrai, ma dovrai avere pazienza. Non possiamo farcela da soli. Siamo in due, contro tutti loro, maledizione! Se agisci con imprudenza farai la stessa fine di quel giornalista! I rinforzi arriveranno presto, e quando saremo pronti, sarà una carneficina."
"Allora che si sbrighino! La mia pazienza inizia ad esaurirsi, Carlos! E non mi dire che non la pensi anche tu allo stesso modo!" dissi io, irritato.
"La penso esattamente come te, Andrew. Ma ti ripeto, che devi avere pazienza" mi rispose Villanueva, cercando di calmarmi, ed aggiunse: "Sono in questo mondo da talmente tanti mesi, che a volte non mi ricordo nemmeno di essere un nemico del cartello e perdo la cognizione di chi siano i miei veri nemici. Anch'io mi sono stancato di vivere come un criminale. Ma sono sempre riuscito a non perdere di vista il mio obiettivo. Se ce l'ho fatta io, devi riuscirci anche tu. Oppure moriremo entrambi."
Francamente non so se mentre parlavamo un qualche dio ci stesse ascoltando dal cielo, perché dopo qualche istante di nervosismo, il cellulare di Villanueva si mise a squillare, come per voler mettere fine a quei minuti di accesa discussione e dissenso. Era la prima volta che io e Villanueva litigavamo da quando mi trovavo in Messico: forse era stata la tequila della sera prima a farmi perdere le staffe, ma quel che è certo, è che ogni giorno che passava desideravo sempre di più tornarmene a casa. Villanueva rispose alla chiamata, e potei udire la voce di

Mason, che gli disse: "Abbiamo ricevuto le informazioni che ci avete passato. La task force ha raggiunto la base militare statunitense solamente ieri. Insieme a noi c'erano alcune alte cariche dell'esercito messicano: la situazione è diventata ingestibile ormai, ed è ora di porre fine a questo schifo.
Sappiamo che i cartelli hanno incrementato i trasporti della droga, e grazie ad alcuni dei nostri informatici più preparati, siamo riusciti a penetrare nei conti bancari dei signori della droga, e conosciamo i nomi di tutti gli agenti a libro paga dei narcotrafficanti."
"Avete bloccato alcuni carichi di cocaina?" chiese Villanueva.
"No, non lo abbiamo ancora fatto. Prima vogliamo scoprire dove va a finire quella droga, chi sono le piccole gang operanti negli Stati Uniti che la vendono. Dopo la faida in Messico, anche negli Stati Uniti ci sono state delle guerre tra bande, e siamo curiosi di vedere quali fra di esse si sono aggiudicate il monopolio sugli stupefacenti. Per ora, li teniamo d'occhio.
Nei prossimi quindici giorni studieremo una tattica segreta, con l'esercito messicano. Abbiamo avvertito anche la CIA, che ci ha fornito i suoi agenti migliori."
"Allora per quale ragione non ci prelevate? Vi abbiamo fornito tutte le informazioni che dovevamo ed avete anche la CIA al vostro fianco. Il nostro lavoro non è ancora finito? Sono stanco di tutto questo James, e lo è anche Scott" disse Villanueva, volgendo lo sguardo verso di me.
Mason, all'udire quelle parole, rispose: "Se vi prelevassimo ora capirebbero che lavorate per noi, e diventereste un bersaglio delle piccole gang che agiscono qui. Dovete resistere ancora quindici giorni, e poi se Dio lo vorrà sarà tutto finito."
Villanueva stava per ribattere, ma io gli presi il telefono dalle mani, me lo posizionai all'orecchio, e dissi:
"Mason, sono Scott. Ho una richiesta da fare, quando sarà tutto finito.."
"Parla. Che cosa vuoi?" mi disse Mason, ed io risposi:

"Lucero. Il capo dei Diablos Rojos. Quando li stermineremo, voglio che lo lasciate a me, e voglio ucciderlo di persona. Ha ordinato lo sterminio della mia famiglia, a cui sono sfuggito per pura casualità ed è arrivato il momento, che io gli restituisca il favore!"
"Non posso darti l'autorizzazione ad ucciderlo, Scott. Quell'uomo è troppo prezioso per il Governo: se riuscissimo a prenderlo vivo, ci potrebbe fornire una quantità di informazioni inimmaginabile sul traffico di droga negli Stati Uniti. In un solo colpo, potremmo mettere al tappeto i narcotrafficanti e tutte quelle piccole gang operanti sul suolo americano."
Al sentire quelle parole, mi misi a ridere, e dissi: "Ed il Governo americano è così ingenuo, da pensare che Lucero parlerà? James, ho visto quell'uomo decapitare un sicario dei Sinaloa con un coltellino svizzero! Davvero siete convinti, che vi dirà quello che volete sapere? Non parlerà nemmeno sotto tortura, e ve lo posso assicurare!"
"Ce lo puoi assicurare?!" mi disse Mason, ed aggiunse: "Come fai ad esserne tanto sicuro?"; io risposi: "Perché è un uomo che non ha paura di niente, James. La prima volta che l'ho incontrato, è stato in una vecchia utilitaria arancione. Quella volta abbiamo subito un'imboscata, e dopo aver perso il suo braccio destro, ha ordinato al suo autista di sparare dalla macchina in cui eravamo contro i suoi sicari. Era vestito come un poveraccio, con la barba incolta. Non riuscivo a credere che quell'uomo potesse essere il capo dei Diablos Rojos, ma dopo aver visto di cos'è capace, ho capito tutto di lui: Lucero ha talmente tanti soldi che potrebbe permettersi qualsiasi lusso, eppure se ne va in giro vestito come un barbone. Si permette di rischiare sua stessa vita per trattare con altri boss, quando potrebbe tranquillamente mandare un uomo di fiducia al suo posto. Uomini come Lucero non si piegano di fronte a nulla, James. Puoi offrirgli soldi, protezioni, oppure puoi torturarli, tagliargli le dita, le mani, o le orecchie.. o qualsiasi altra parte

del corpo. Non ti diranno mai nulla di ciò che sanno. Li puoi solo uccidere. Ed è quello che farò, o per lo meno, morirò provandoci." Sentendomi parlare in questo modo, Mason mi disse: "Io non posso darti l'autorizzazione per ucciderlo, ma dopotutto, solo noi sappiamo che sei un agente infiltrato. Ufficialmente, tu sei uno di loro. Chi lo sa, può essere che un soldato dei Diablos Rojos, si ribelli al suo capo, e... Ci siamo capiti.."
Avendo colto perfettamente il significato di ciò che Mason mi stava dicendo, risposi: "Ci siamo capiti, James. Ci siamo capiti perfettamente. Avete ricevuto le dovute informazioni da me e Villanueva. Organizzate una strategia e seppellite quei bastardi. Ma Lucero è mio."
La telefonata si conclude, e Villanueva, che aveva ascoltato il dialogo tra me e Mason, mi disse: "Dunque hai preso la tua decisione..", ed io risposi: "Sì, Carlos, ho deciso. Voglio ucciderlo, a tutti i costi, e pare che non riceverò alcun aiuto. Dovrò cavarmela da solo, Carlos."
"Da solo..?" ribatté lui, guardandomi con malizia. Capendo cosa voleva dirmi, gli dissi: "No, Carlos, non te lo potrei mai chiedere.. è una questione personale, lui ha un debito con me, e sono più che deciso a regolare i conti."
"A dire il vero, sono io che mi sto offrendo per aiutarti. Ed ho preso la mia decisione." disse lui, ed aggiunse: "Sei il soldato più pazzo che abbia mai conosciuto, Scott. Ma io non sono da meno. Stiamo per fare la pazzia più grande che si possa immaginare, ma se devo morire, preferisco farlo da eroe."
"Ed io invece preferisco farlo dopo aver visto morire Lucero." dissi io, con un tono di voce che rifletteva tutta la mia determinazione, la mia spregiudicatezza, e la mia voglia di vedere quell'uomo steso a terra in un lago di sangue.
A quel punto, Villanueva mi chiese: "Come facciamo a sapere dove si trova Lucero? Siamo senza la task force, sarà complicato trovarlo da soli."

A quel punto, gli dissi: "Non siamo noi a dover andare da lui. Sarà lui a dover venire da noi."
"Che cosa hai in mente?" Mi richiese Villanueva, incuriosito. Ed io gli risposi: "In questa città ci sono sia i soldati dei Diablos Rojos, sia i soldati degli Zetas. Uccideremo alcuni uomini di Lucero, e faremo ricadere la responsabilità sugli Zetas. Ti ricordi di quella volta che avevamo ucciso quell'uomo dei Sinaloa a Peacock Hill? Gli avevamo inciso sul corpo le iniziali del nostro cartello. Potremmo fare la stessa cosa. Che ne dici?"
Al sentire queste parole, Villanueva mi disse: "Sì, dico che possiamo farlo. Abbiamo il fattore sorpresa dalla nostra parte, ma bisognerà agire molto velocemente. Se riusciremo a portare a termine il tuo piano, Lucero andrà su tutte le furie, verrà a Juarez per vederci chiaro, e lo avrai in pugno."
A quel punto, ribattei: "L'esercito si organizzerà in quindici giorni. Io dico che l'America non può aspettare quindici giorni. Bisogna agire subito, e dovremo essere talmente rapidi da non permettere loro di capire che cosa stia succedendo. I soldati degli Zetas non si mescolano mai a quelli dei Diablos Rojos, e questo gioca certamente a nostro favore."
Villanueva annuiva alle mie parole con il capo. Sembrava convinto che il mio piano potesse funzionare, quando improvvisamente assunse un'espressione di esitazione, come se ci fosse qualcosa di cui non avevamo tenuto conto, e mi disse: "C'è un altro problema da risolvere: i cartelli hanno occhi ed orecchie dappertutto, ed in questo periodo le prostitute e gli spacciatori che lavorano per i narcotrafficanti girano liberamente in città. Se ci vedessero mentre uccidiamo i soldati dei Diablos Rojos farebbero giungere la notizia agli Zetas, e per noi sarebbe la fine."
Come al solito, Villanueva aveva ragione: per quanto la nostra posizione all'interno dell'organizzazione di Lucero fosse alta, questo non ci metteva al riparo da occhi indiscreti, pertanto il

rischio di essere scoperti non diminuiva affatto, e con esso, anche lo spettro di una morte violenta per aver "tradito" il cartello rimaneva sempre dietro l'angolo. Dopotutto, un tradimento è sempre un tradimento, e deve essere punito. Succedeva molto raramente, che un soldato di un cartello della droga tradisse i propri capi: nel codice d'onore dei narcotrafficanti (e per quanto mi suoni strano, devo ammettere che anche loro ne avevano uno), il tradimento era considerato una delle più grandi pazzie che un uomo potesse commettere, una sorta di eresia o di peccato mortale, che potevano essere puniti solamente con una morte violenta, quasi che la violenza contribuisse a purificare l'anima del traditore.

Il modo di agire dei cartelli nei confronti di chi li tradiva era paragonabile (e vi assicuro, che non sto facendo paragoni esagerati) a quello della "Santa" Chiesa, ai tempi del tredicesimo secolo, quando migliaia di persone accusate di eresia venivano torturate o bruciate vive affinché la loro anima, condannata all'inferno o al purgatorio, venisse purificata prima di essere giudicata davanti al Signore.

Riflettendo su quanto il mio compagno mi aveva detto, domandai: "Che alternative abbiamo, Carlos? Che cosa possiamo fare per evitare di essere scoperti?"

Villanueva mi rispose: "Dovremo mettere fuori gioco più spacciatori possibili, ma non potremo farlo da soli. Ci servirà l'aiuto della task force."

"La task foce?!" ribattei io, ed aggiunsi: "Mason non darà mai il benestare. Non ci ha dato l'autorizzazione per ammazzare Lucero o i suoi soldati!"

Villanueva, a quel punto, ribatté: "È vero, non ha dato il consenso per l'uccisione di Lucero, e non ci manderà la task force a questo scopo, ma se io gli dicessi che la situazione si sta complicando e che abbiamo bisogno di rinforzi, acconsentirebbe a mandarci degli uomini di sicuro."

"E se decidesse di farci prelevare?" chiesi io, con tono sempre

meno fiducioso, ed il mio compagno, visibilmente scocciato, mi disse: "Non hai sentito quello che mi hanno detto?! Non ci preleveranno prima di quindici giorni, Andrew! Non possono rischiare che i cartelli capiscano che siamo spie!"
"Va bene, Carlos. Chiama Mason, e fatti mandare degli uomini, e speriamo che i rinforzi arrivino in fretta." conclusi io.
Decisi di uscire dalla stanza, e di chiamare Gabriela, che in quel momento consideravo l'unica persona in grado di capire il mio stato d'animo, la mia voglia di vendetta, e la mia impazienza di voler agire, vedendomi ad un passo dal raggiungere il mio obiettivo.
Digitai il suo numero, e posizionai il telefono all'orecchio. La sua risposta non si fece attendere, e nemmeno le sue dolci parole, che suonavano come carezze. Capiva perfettamente cosa provavo in quei momenti, ma mi raccomandava di essere prudente, e mi disse che avrebbe pregato per me, affinché tornassi a Miami sano e salvo.
Appena terminai di parlare con lei, rientrai in stanza; Villanueva, che se ne stava seduto con un bicchiere di tequila fra le mani, mi disse che aveva chiamato Mason per chiedergli di mandarci dei rinforzi, e che quest'ultimo aveva acconsentito: "Che ti avevo detto? Ha dato il benestare, come avevo previsto! Entro stasera, la task force sarà di ritorno a Juarez."
Sentendo pronunciare quelle parole, presi un secondo bicchiere, versandovi un sorso di tequila, lo alzai come un trionfo, e dissi: "Allora brindiamo! Ad una vendetta spietata, ed alla fine di Lucero e dei cartelli del narcotraffico!"
"Salud!" disse lui, e io prontamente risposi "Salute! O forse, Salud! Come dite qui!". Il brindisi fu seguito da una lunga risata, che rasserenò gli animi, dopo una mattinata passata a discutere.
Il resto della giornata trascorse velocemente: da Juarez partì un carico per 500 chili di cocaina, e come al solito, per farlo arrivare a destinazione, Lucero ci ordinò di ingaggiare dei

trasportatori che lavorassero per le ditte di trasporti in cui aveva investito, in modo da rendere il passaggio della droga più semplice. Molto spesso, infatti, i camion delle grandi aziende messicane che oltrepassavano il confine tra Messico e Stati Uniti subivano controlli molto blandi, perché la polizia statunitense ed i militari si concentravano molto di più su piccole macchine o su furgoni, la cui ditta di provenienza era molto spesso sconosciuta. Non citerò in questo racconto i nomi di quelle tre o quattro grandi aziende di logistica e trasporti nelle quali Lucero aveva investito milioni di dollari: vi basterà sapere che si trattava di ditte davvero importanti, conosciute in Messico, e con diversi distaccamenti anche nel territorio statunitense. Se io e Villanueva non fossimo stati infiltrati nell'organizzazione, i nostri commilitoni non avrebbero mai saputo del cambiamento di strategia attuato da Lucero per facilitare i suoi traffici, lasciando inconsciamente passare quintali e tonnellate di droga che avrebbero riempito le strade statunitensi. Tuttavia, Villanueva aveva provveduto a fornire i nostri soldati di tutte le informazioni necessarie a scovare sia i grossi camion che partivano da Città del Messico per poi arrivare a Juarez, sia le targhe delle piccole auto che attraversavano il confine, e nelle quali le quantità di droga erano molto inferiori.

Una volta che Villanueva trovava il trasportatore e lo ingaggiava, pagandolo preventivamente, si faceva comunicare il numero di targa del suo mezzo, affermando di volerlo sapere perché era Lucero che lo comandava, il ché non era assolutamente vero, ma poteva essere verosimile, soprattutto per un boss come Lucero, che non lasciava nulla al caso. Una volta ottenuta l'informazione che voleva, Villanueva scriveva su un biglietto il numero di targa del mezzo che avrebbe trasportato quei 500 chili di cocaina negli Stati Uniti, e lo comunicò a Mason tramite un messaggio sul cellulare. Nessuno dei messicani, fino a quel momento, aveva mai controllato le

chiamate partite dai nostri telefoni: diciamo che sotto questo punto di vista, si fidavano di noi, anche perché per nostra fortuna (ed anche astuzia) non avevamo mai dato loro alcun motivo di sospettare che fossimo spie. Tra una bevuta e l'altra, venne la sera. Villanueva, dopo aver svolto l'incarico che Lucero gli aveva conferito, si ubriacò e si rimise a dormire, mentre io, benché un po' brillo, riuscivo ancora a trovare dentro di me la lucidità per rimanere sveglio. Ad un certo punto, il cellulare di Villanueva squillò, e quest'ultimo, non completamente addormentato, allungò il braccio per afferrarlo e rispondere alla chiamata. Purtroppo, però, era talmente ubriaco che il telefono gli scivolò dalle mani e gli cadde sul pavimento l'istante successivo. Non che le mie condizioni in quel momento fossero tanto migliori delle sue, ma come vi ho detto, riuscivo ancora a reggermi in piedi ed a parlare con chiarezza. Stando così le cose, presi il telefono dal pavimento, e risposi alla chiamata: "Pronto?".. nessuno rispose per qualche istante, al ché io dissi: "Chi sta chiamando?" e così dicendo tornai completamente in me stesso (chissà, forse per paura che il cartello ci avesse scoperti). Fortunatamente, era Teller che aveva telefonato, e che mi disse: "Siamo a vostra disposizione, ragazzi. Mason mi ha riferito che la situazione sta diventando pericolosa, e mi ha ordinato di guardarvi le spalle."
"Per fortuna siete tornati" risposi io, tirando un sospiro di sollievo, ed aggiunsi: "Dove possiamo incontrarci? Ci serve una mano."
"Non possiamo incontrarci come se nulla fosse, ma possiamo inscenare un rapimento. A proposito, perché hai risposto tu, Scott? Dov'è Carlos?"
Al sentire quella domanda, mi voltai verso il mio compagno, che dormiva e russava come mai lo avevo sentito fare da mesi, e vedendolo in quello stato, quasi mi venne da ridere: "Diciamo, che Carlos è un po' assonnato in questo momento. D'altronde, provaci tu a bere una bottiglia di tequila e rimanere

sveglio!" Sentendo quelle parole, Teller si mise a ridere (ed io che mi ero trattenuto dal farlo!) e mi disse: "E per fortuna, che la situazione stava diventando pericolosa! E dimmi, quando ha parlato Carlos con Mason?! Prima o dopo essersi riempito di tequila?! Ahaha!"
"Ah non lo so, non me lo chiedere! Io ero fuori dalla stanza! Ahaha! Comunque, dobbiamo incontrarvi il prima possibile, ragazzi. Mettete in atto un piano per portarci via. Dobbiamo parlarvi di una cosa importante."
"Stasera, fra due ore, uscite dall'hotel. Usate l'uscita di sicurezza, e non fatevi vedere da nessuno. Fate finta di fare una camminata, avvicinatevi alla prima prostituta che incontrate, con la scusa di volervela portare a letto. Noi saremo pronti, ed inscenereremo un rapimento." Disse Teller, ed io risposi prontamente: "Allora dovrò svegliare anche Villanueva. Con un bicchiere d'acqua gelida sul viso non dovrebbe essere poi così difficile."
"Ragguaglia Carlos, vi aspettiamo fra due ore" ribatté Teller, e riagganciò il telefono. Villanueva, nel frattempo, aveva continuato a dormire e russare così forte che mi parve per un secondo di sentire il grugnito di un maiale.
Infastidito da quel rumore, presi uno dei due bicchieri dai quali avevamo bevuto, andai nel bagno della stanza e lo riempii d'acqua quasi fino all'orlo. Dopo aver verificato che fosse gelida, mi avvicinai a Villanueva, e gliela rovesciai tutta sul viso, e non immaginate le imprecazioni e le maledizioni che mi lanciò una volta che fu del tutto sveglio! Finito di maledirmi, mi chiese con tono irritato perché lo avevo svegliato, ed io gli risposi che doveva cercare di tornare sobrio nel più breve tempo possibile, perché la task force aspettava di incontrarci, e che mentre lui dormiva Teller aveva telefonato per comunicarci che era rientrato in Messico con i suoi uomini, e si trovavano già a Juarez.
Sentendomi pronunciare quelle parole, Villanueva balzò in

piedi, e si precipitò nel bagno della stanza, e sparì per i dieci minuti successivi. Era molto probabile che volesse farsi una doccia, preferibilmente fredda, dato che lo stato di ubriachezza lo aveva fatto cadere nel sonno, come una mela che cade dall'albero perché troppo matura per restarvi attaccata.
Quando uscì dal bagno, si era già messo dei vestiti puliti, ed era tornato nuovamente in sé. Ordinammo qualcosa da mangiare, e una volta finito di cenare ci armammo. Finché mangiavamo ragguagliai Villanueva sul piano della task force per prelevarci senza destare sospetti, e Villanueva annuì con la testa.
L'ora di uscire dall'Hotel Colonial di Juarez non si fece attendere: come facevamo solitamente, utilizzammo l'uscita di sicurezza, ed una volta raggiunta la strada senza essere visti da nessun dipendente o cliente dell'hotel, iniziammo a camminare in tutta tranquillità. Le prostitute abbondavano in quella via, così come i tossici, ridotti a poco più che zombie, che compravano cocaina e marijuana dagli spacciatori di Lucero. Finché camminavamo, una volante della polizia ci passò davanti, ma era evidente che i due agenti all'interno di quella vettura erano sul libro paga di Lucero da molto tempo, perché anziché controllare ciò che succedeva nelle strade (e chiunque poteva vedere ciò che accadeva, perché né gli spacciatori, e tantomeno le prostitute, si preoccupavano di nascondersi o di scappare alla vista della polizia) ci fissarono, e salutarono Villanueva, come se lo conoscessero da una vita. Dopo il giorno di Natale, Juarez, così come ogni altra città del mondo, si preparava ad accogliere il nuovo anno. Molto spesso, quando ero bambino, sentivo dire che l'anno nuovo porta con sé la speranza di un cambiamento, di una vita migliore, e di tante cose positive: beh, per quanto riguarda Juarez, potete dimenticarvi quanto vi ho detto. Il degrado della città aveva raggiunto livelli senza precedenti, gli edifici in rovina aumentavano, anche perché nello stesso tempo, a causa della guerra fra cartelli, le persone che avrebbero potuto sistemare la

città (o almeno tentare di farlo) erano state travolte dalla furia omicida dei signori della droga, disposti a sacrificare chiunque e qualunque cosa per aumentare i loro profitti.

Benché la situazione si fosse stabilizzata dopo l'alleanza tra gli Zetas ed i Diablos Rojos, le sparatorie tra piccole gang operanti in Messico non mancavano, e quando si verificavano, mietevano decine di vittime, tra cui anche persone innocenti.

Solitamente, in tutte le grandi città del mondo, quando si festeggia l'arrivo dell'anno nuovo, si organizzano feste e cene tra amici o parenti, ed in ogni Paese queste feste rispettano le tradizioni ed i valori che in esso vengono trasmessi e che, si sa, sono molto diversi da nazione a nazione. Ma c'è un elemento che, in questi festeggiamenti, rende uguali tutte le città del mondo: l'uso dei fuochi d'artificio. Quando ero bambino, ne avevo un po' di paura, anche se non si trattava di una paura vera e propria, bensì di un senso di fastidio, di confusione, che invadeva la mia mente allo scoppio di quei petardi. Se non avessero emanato alcun rumore una volta scoppiati, mostrando solamente i loro colori sparsi nel cielo, credo che non avrei mai provato queste sensazioni, ogni volta che li osservavo con i miei genitori.

Ora che mi trovavo a Juarez, invece, avevo il presentimento che gli unici fuochi d'artificio di cui avrei potuto sentire il rumore sarebbe stato quello dei fischi delle pallottole, e l'unico colore che avrei visto all'udire quel rumore, sarebbe stato quello del sangue, che avrebbe bagnato le strade della città ancora una volta. L'idea che potessi morire durante le sparatorie che si sarebbero verificate nei giorni successivi mi metteva paura, ma mi rendevo conto che ero stato io a volermi infiltrare nel cartello di Lucero, avevo desiderato quella missione più di ogni altra cosa, ed adesso che si presentava l'occasione per pareggiare i conti con quell'uomo dovevo saper controllare le mie emozioni: dopotutto, ero stato addestrato a farlo, il caporale Mackey aveva temprato per bene sia me che i

miei commilitoni, trasformandoci in vere e proprie macchine da guerra.
Io e Villanueva continuammo a camminare, percorrendo circa un centinaio di metri a piedi, ed aspettando che la volante della polizia si allontanasse abbastanza, in modo tale che una volta arrivati gli uomini della task force per prelevarci, i due poliziotti non si sarebbero accorti di nulla. Dopo qualche secondo, infatti, la volante si allontanò, e noi potemmo mettere in atto il nostro piano: ci avvicinammo ad una prostituta, e Villanueva iniziò a deliziarla con frasi talmente sdolcinate e romantiche, che per qualche istante credei che ci fosse un'altra persona accanto a me: avevo sempre conosciuto Carlos come soldato, ma non lo avevo mai considerato capace di essere tanto romantico (con una prostituta, inoltre, essere sdolcinati è ancora più insensato). La donna, nonostante quelle frasi, non si scompose nemmeno per un istante, ma quando Villanueva le mostrò alcune banconote, lei gli si avvicinò e gli prese la mano. Iniziammo a camminare in tre su quella strada, procedendo, questa volta nella direzione opposta, verso l'hotel in cui alloggiavamo. Era evidente che gli uomini della task force ci stavano osservando, perché aspettarono il momento in cui meno persone possibili avrebbero potuto vedere ciò che stava per succedere. Eravamo quasi arrivati all'entrata dell'Hotel Colonial, quando un furgoncino nero si fermò davanti a noi, e scesero tre uomini a volto coperto armati di mitraglietta. Un uomo prese la ragazza e la spinse a terra così fortemente da farle battere la testa sull'asfalto e farla svenire, mentre gli altri due ci puntarono l'arma al petto e ci intimarono di entrare nel furgone. Dopo aver opposto una leggera resistenza (giusto per far credere ai pochi che videro la scena che si trattava di un vero rapimento), quegli uomini ci coprirono le teste con due sacchi neri, ed entrammo in quel furgone. La ragazza rimase a terra, ancora priva di sensi, e non ne sapemmo più nulla. Era morta? Non era morta? Non lo sapevo, ed in quel momento non

mi interessava saperlo. Dopo qualche istante ci vennero tolti quei sacchi di stoffa dalla testa, ed anche gli uomini che ci avevano prelevato si fecero riconoscere, e ci strinsero la mano per complimentarsi con noi, e ringraziarci per il lavoro che stavamo svolgendo.
"Non è facile restare tutti i giorni nella tana del lupo" disse uno di loro.
"I nostri compagni alla base militare si stanno organizzando con l'esercito messicano e le poche autorità di confine che non si sono ancora unite ai cartelli." Continuò il secondo, ed aggiunse: "Tenete duro, ragazzi. Ho sentito che alla fine del lavoro ci verrà assegnata un bella ricompensa!"
"Non pensare ai soldi ora, soldato! Concentrati su quello che dobbiamo fare!" disse Teller, che stava guidando, ed aggiunse: "Ora vi porteremo in un posto sicuro. Buttate via i cellulari e spezzate le schede sim, non dovete essere rintracciabili."
Io e Villanueva, che da quando eravamo saliti in quel furgone non avevamo proferito parola, eseguimmo prontamente quell'ordine: smontammo il telefono, ed un volta levata la scheda sim dall'apposito spazio, la spezzammo in più pezzi.
Teller guidò per circa trenta minuti, e raggiunse una casa abbandonata fuori città, nella quale né io né Villanueva eravamo mai stati prima. Come tutte le case nella periferia di Juarez, portava i segni della guerra fra i cartelli della droga: potevamo scorgere i fori di proiettile sulle pareti esterne, i vetri delle finestre erano rotti, e dai fori potevamo vedere, all'interno della casa, qualche macchia di sangue sulle pareti interne. La porta d'ingresso era stata sfondata, e come ne varcammo la soglia vedemmo ancora delle macchie di sangue ormai essiccato sul pavimento e sul divano del piccolo soggiorno. Proseguimmo ancora, tenendo ben strette la torcia e la pistola tra le mani. Io salii le scale per raggiungere il piano superiore di quella casa, che mi ricordava sempre più la palazzina nella quale il cartello mi aveva fatto diventare un assassino.

Terminata la rampa di scale mi trovai di fronte ad un corridoio piccolo e stretto, ai lati del quale vidi tre porte, due sul lato sinistro, ed una sul lato destro. Contrariamente a quanto mi aspettavo, le pareti del piano superiore erano pressoché intatte: non un foro di proiettile, non una macchia di sangue, nulla: sembrava che i due piani di quella casa appartenessero in realtà a due abitazioni diverse, e che fossero state unite l'una all'altra per uno scherzo del destino. Mi avvicinai alla prima porta, la aprii, ed intravidi le sagome di un letto matrimoniale ed un comodino, resi visibili dalla piccola torcia che tenevo nella mano destra. Muovendo alcuni passi verso quel letto, urtai con il piede contro un piccolo quadro (si trattava di una semplice fotografia che era stata incorniciata), che evidentemente era caduto dal comodino, e prontamente puntai la torcia verso il pavimento. Lo raccolsi, e lo guardai per qualche istante: nella fotografia potevo scorgere i visi di due bambini ed una donna. Si trattava, insomma, della foto di una famiglia, o per meglio dire, di una delle tante famiglie messicane, distrutte dalla guerra fra cartelli. Il vetro a protezione di quella foto era sporco di sangue, come se quel riquadro volesse ribadire ancora una volta (forse non lo avevo imparato abbastanza bene?!) che la guerra fra i signori della droga colpisce soprattutto persone innocenti, e quando inizia non c'è modo di fermarla, a meno che non siano i capi-cartello a farla finire. Uscii dalla stanza, e mi apprestai ad entrare nella seconda. Come aprii la porta, trovai alcune piccole macchie di sangue sul pavimento, e con la torcia vidi un lavandino, ed una vasca. Convenni dunque, che mi trovavo in un piccolo bagno, e ne uscii fuori dopo qualche secondo. Stavo per controllare anche la terza ed ultima stanza di quel piano, ma fui chiamato da Villanueva, e fui costretto a tornare al pianterreno, dove mi aspettavano anche gli uomini della task force. Quando fummo tutti riuniti, Villanueva iniziò a parlare per primo: "Dunque, grazie alla nostra posizione nel cartello, sappiamo che Lucero fa passare i suoi carichi di droga

utilizzando ditte di trasporti e logistica messicane ben conosciute, per non destare sospetti tra le autorità americane. Sappiamo anche che i Diablos Rojos si sono alleati con gli Zetas, e che hanno una disponibilità di armi talmente ampia da far spaventare anche il nostro esercito."
Teller, al sentire quelle parole, lo interruppe e disse: "Okay Carlos. Ci stai dicendo tutte cose che già sappiamo. Ora, per favore dicci qualcosa che non sappiamo!"
Villanueva rispose prontamente: "Ecco, quello che non sapete, è che non vi ho fatti venire qui perché la situazione è diventata più pericolosa del solito, come ho fatto credere a Mason. Vi ho fatti venire qui, perché noi, tutti insieme, faremo saltare l'alleanza tra gli Zetas ed il cartello di Lucero."
Teller, con espressione dubbiosa, domandò: "Che cosa avete intenzione di fare?"
"Ora te lo spiego, Teller" ribatté Villanueva, ed aggiunse: "Sappiamo che gli Zetas ed i Diablos Rojos sono alleati, ma noi uccideremo i soldati di Lucero, e faremo ricadere la colpa sugli Zetas."
A quel punto, uno dei soldati che sedeva con noi nel furgoncino, disse: "E perché avete chiamato noi? Non è un lavoro che potete fare da soli?"
"No, non possiamo farcela da soli. Se lo facessimo noi, Lucero capirebbe di avere due spie all'interno del cartello, e per noi sarebbe la fine. Ci ammazzerebbero prima di iniziare il lavoro. Ci serve qualcuno che possa risultare invisibile, del quale nessuno conosca la presenza, e nessuno si possa accorgere in alcun modo. Sappiamo che siete dei tiratori scelti, e noi abbiamo informazioni riguardo a molti soldati, spacciatori, vedette e prostitute che lavorano per Lucero. I cartelli della droga hanno occhi ed orecchie dappertutto, ragazzi, e non possiamo uccidere i loro soldati, se prima non rendiamo il cartello muto e sordo ad ogni cosa che si muove."
A quel punto, Teller iniziò nuovamente a parlare, dicendo: "In

effetti, nessuno sa della nostra presenza qui. Lucero probabilmente sarà già stato informato del vostro rapimento, ed avrà mandato alcuni dei suoi uomini a cercarvi. Se così fosse, potremmo iniziare anche subito, e potrebbe non esserci nemmeno bisogno di uccidere prostitute, o spacciatori, ma solamente i soldati dei Diablos Rojos."
"Che cosa intendi dire?" chiesi io, sempre più curioso di conoscere le intenzioni di Teller, il quale, con tono sicuro mi rispose: "Intendo dire che potremmo utilizzare un riscatto come pretesto per restituirvi al cartello. Lucero, se tiene a voi due, manderà i suoi uomini proprio qui, ed a quel punto noi li uccideremo. Dopo averli uccisi, faremo ricadere la colpa sugli Zetas: conosciamo molto bene i metodi che i cartelli usano per rivendicare i loro omicidi, e ne sfrutteremo uno a nostro vantaggio, incidendo la zeta sui corpi dei soldati morti."
A quel punto, intervenne nuovamente Villanueva, che disse:
"E riguardo ai poliziotti? Lucero ne ha molti sul suo libro paga, e ne hanno molti anche gli Zetas. Sono sicuro che anche loro ci stanno cercando; prima, mentre camminavamo, una volante della polizia ci è passata davanti, e sicuramente gli agenti di polizia che stavano dentro a quella macchina conoscono sia il mio volto, sia quello di Scott."
Uno degli uomini della task force, di nome Luis Morales (era l'unico soldato che da quando eravamo stati prelevati non aveva ancora proferito parola), rispose a Villanueva: "I poliziotti, lasciate pure che vi cerchino. E per quanto riguarda le prostitute e le vedette, per uno che ne uccidi se ne fanno avanti altri dieci, hermano; non servirà a un bel niente. Il piano del nostro capo è di sicuro migliore."
Villanueva, a quel punto, si girò verso di me, e cercò con lo sguardo anche il mio consenso (sì, forse era la prima volta da quando lo conoscevo, che cercava di ottenere anche la mia approvazione riguardo a qualcosa, il ché mi fece capire che anche lui si trovava in difficoltà nel decidere il da farsi). Io,

persuaso dall'idea che Morales avesse ragione, feci cenno di sì con la testa al mio compagno, il quale, vedendomi così fiducioso, disse: "Va bene, iniziamo subito allora. Io mi ricordo il numero di Lucero a memoria, e per nostra fortuna, Morales parla spagnolo. Sarà lui a fare la telefonata per attirare i soldati di Lucero. Voi vi preparerete armati. Per queste operazioni, di solito i Diablos Rojos non mandano meno di quattro o cinque uomini. Noi siamo in sei, dovremmo cavarcela senza problemi. Per cominciare, metteremo i silenziatori sulle pistole. Questa cosa deve essere fatta con il minor rumore possibile: ci sono delle case a poche centinaia di metri da qui, chiunque potrebbe chiamare la polizia, se sentisse gli spari."
A quel punto interruppi Villanueva, e dissi: "Ci legherete mani e piedi, e ci benderete gli occhi. Non devono sospettare che sia tutta una farsa, o per noi sarà la fine. Probabilmente manderanno tre uomini da noi, due per recuperarci ed uno per coprirci le spalle. Chiederete una somma di trecentomila dollari, da consegnare entro quattro ore, ed ordinerete di lasciarli dentro al furgoncino nero. Dopo questo, se tutto andrà secondo i piani, circonderete la casa e vi nasconderete in attesa che i soldati di Lucero facciano irruzione per portarci via. Solo quando ci vedrete uscire dalla casa potrete venire avanti ed aprire il fuoco."

8. HASTA LA VICTORIA: LA VENDETTA

Sia io che Villanueva ci rendevamo conto che il piano era molto rischioso, perché se gli uomini della task force avessero commesso anche il più banale degli errori, noi ci saremmo trovati in mezzo ad una sparatoria, per giunta disarmati, e per quanto fossimo preziosi per Lucero, non eravamo sicuri che i suoi soldati sarebbero stati disposti a sacrificare la loro vita per salvare noi, e quindi eravamo ancora meno sicuri del fatto che non ci avrebbero utilizzato come scudi umani contro i proiettili della task force.
Erano già le due del mattino del 27 dicembre 2003. Quella notte faceva più freddo del solito, ed il cielo era colmo di nuvole cariche di acqua. Il vento soffiava con molta forza, ed avevo l'impressione che non appena si fosse fermato, avrebbe iniziato a piovere a dirotto.
L'atmosfera era tetra, quasi volesse annunciare la morte di qualcuno. Si sentiva di tanto in tanto il rumore dei tuoni, ed i lampi illuminavano (anche se solo per pochi istanti) l'interno della casa in cui ci stavamo preparando ad una delle azioni più pericolose mai affrontate in molti mesi di missione da infiltrati. Forse questa operazione batteva, in termini di pericolosità, anche quella in cui eravamo riusciti ad uccidere il capo del cartello di Juarez: se quella volta eravamo armati, ora ci saremmo trovati senza neanche un coltello (la cui pericolosità, comunque, non può essere paragonata neanche lontanamente a quella di un'arma da fuoco), e questo mi rendeva ansioso.
 Ci preparammo come pattuito con gli uomini della task force. I cellulari dei soldati della task force, contenevano due schede sim: una statunitense ed una messicana, in modo tale da poter chiamare sia in Messico che negli Stati Uniti senza problemi. Come vi ho raccontato nelle pagine precedenti, la mia sim e quella di Villanueva erano inutilizzabili, pertanto ci pensò Morales a chiamare il numero di Lucero (che per nostra

fortuna, Villanueva ricordava a memoria). La telefonata non durò molto: Morales fissò le condizioni del riscatto (trecentomila dollari in contanti, da consegnare entro le successive quattro ore), ed era evidente che Lucero le accettò, perché Morales, prima di concludere quella telefonata, si girò verso di noi ed annuì con la testa. Una volta chiuso il telefono, ci disse: "Ci daranno i soldi entro due ore. Ho dato istruzioni per la consegna. Dobbiamo prepararci subito muchachos. Se non vogliono rispettare i patti, potrebbero arrivare qui a momenti."

Al sentire quelle parole, io e Villanueva ci alzammo dal divano del soggiorno sul quale eravamo seduti, e subito prendemmo le scale per accedere al piano superiore della casa, dove ci facemmo legare mani e piedi, con nodi stretti quanto bastava per lasciarci i segni delle corde sui polsi, senza però bloccare la circolazione del sangue. Fummo bendati e portati nella prima stanza (la prima che avevo ispezionato un paio d'ore prima).

Da quel momento non vidi e non sentii più nulla per circa tre quarti d'ora, fino a quando non udii il rumore di due macchine che si avvicinavano alla casa in cui ci trovavamo. I soldati della task force avevano circondato la casa, creando un perimetro abbastanza ampio da permettere loro di trovare una posizione comoda dalla quale sparare, senza rischiare di essere visti dai soldati di Lucero. Riuscii ad udire il rumore dei passi dei soldati messicani, che in pochi istanti raggiunsero la nostra stanza. Nel giro di un paio di minuti, fummo slegati e ci furono tolte le bende dagli occhi. Erano in quattro soldati, che non appena riconobbero i nostri volti ci dissero che Lucero li aveva mandati a salvarci in cambio di un riscatto, ma loro non avevano portato i soldi, ed avevano deciso di anticipare l'operazione di recupero, violando gli accordi e rischiando ancor di più di farci uccidere. Anche se queste erano tutte cose che già sapevamo (e che ovviamente dovevamo dimostrare di non sapere minimamente), ordinammo a quei soldati di portarci fuori da quella casa, con l'atteggiamento di due veri boss. Tutti e quattro i soldati imbracciarono i fucili, e si prepararono a scendere le scale. La finestra della stanza era ancora aperta, e finché i soldati di Lucero finivano di slegarci, ebbi il tempo di guardare fuori per osservare la posizione dei nostri commilitoni della squadra d'assalto. Villanueva chiese se c'era qualcun altro all'esterno dell'abitazione, ed appena uno dei soldati gli rispose che avevano portato con sé altri tre uomini, e che quest'ultimi li stavano aspettando al pianterreno, annuì con il capo e disse: "Muy bien, vamos!". Scendemmo le scale, preceduti da due degli uomini di Lucero, e seguiti dagli altri due. Nel frattempo aveva iniziato a piovere, creando un'atmosfera da romanzo gotico. I lampi tornavano ad illuminare i nostri volti, stampando sulle pareti di quella casa abbandonata le ombre di sei uomini che con passo felpato si apprestavano ad uscirne. Arrivammo alla porta d'entrata senza alcun problema, e non appena ci trovammo fuori dalla casa, iniziammo ad accelerare il passo, per raggiungere il prima possibile le macchine che avrebbero dovuto riportarci da Lucero; già, avrebbero dovuto, vi dico, perché quando io e Villanueva le raggiungemmo, i nostri compagni della task force si erano avvicinati abbastanza da poter fare fuoco sui soldati del cartello senza rischiare di colpirci. Dopo il primo sparo vidi il primo dei sette uomini mandati da Lucero cadere a terra privo di vita: non un urlo di dolore, non un tentativo di restare in piedi e sparare qualche colpo a caso, nulla. L'unica cosa che potei vedere in quell'uomo, oramai cadavere, fu il sangue che gli schizzava dalla testa, e che peraltro bagnò anche il mio volto. I soldati di Lucero quasi non fecero a tempo a raccapezzarsi di ciò che stesse succedendo: nell'arco di due secondi da quello sparo, ne partirono altri due. Vidi i vetri anteriori delle due auto rompersi, e subito dopo alcune macchie di sangue schizzare su di essi (o su ciò che ne rimaneva). Subito io e Villanueva ci abbassammo e ci gettammo a terra. Gli uomini della task force,

nel frattempo, avevano continuato ad avanzare, e si trovavano a pochi metri da quelli di Lucero, i quali, appena videro i vetri delle auto frantumarsi ed i loro compagni privi di vita, imbracciarono le mitragliette ed iniziarono a sparare all'impazzata. Ma era troppo tardi: i nostri commilitoni li avevano in pugno. Un cecchino appostato sul tetto della casa e tre uomini che avanzavano sparando con le pistole bastarono ad uccidere tutti i restanti soldati di Lucero. Accadde tutto così velocemente che quasi non feci a tempo ad avere paura di essere colpito. Appena la sparatoria finì, gli uomini della task force ci circondarono, e Teller ordinò: "Spogliateli, e incidete le Z sule loro schiene. Fatelo velocemente, ce la dobbiamo squagliare, prima che qualcuno arrivi e ci veda. Da buoni soldati quali eravamo, e da spietati killer quali eravamo diventati "grazie" ai cartelli della droga, obbedimmo all'ordine. In meno di dieci minuti avevamo finito di togliere i vestiti a quegli uomini, oramai non più uomini, ed avevamo inciso sui loro dorsi le Z. Eravamo sicuri che questa imboscata ai danni di Lucero e del suo cartello sarebbe stata la miccia che avrebbe fatto scoppiare la dinamite, o meglio, la causa di una faida tra Zetas e Diablos Rojos che avrebbe distrutto l'alleanza dall'interno. Sentivo finalmente il profumo della liberazione da quella sorta di prigione che mi aveva trasformato in una bestia, in un demone che uccide altri demoni all'interno della gabbia di Juarez, le cui sbarre erano formate da droga, sangue e cemento.
Ci allontanammo dal luogo dell'imboscata il più velocemente possibile, e fummo portati in un vecchio hotel di El Paso, la città americana che confina direttamente con il Messico, a pochi chilometri dalla base militare americana. Era evidente che, fino a che Lucero non avesse deciso di uscire allo scoperto, io e Villanueva non potevamo tornare a Juarez. Restare lontani dal Messico (anche se non eravamo poi così lontani), inoltre, ci metteva al riparo dalla faida tra Zetas e

Diablos Rojos.

Prima di entrare in quella che, almeno per qualche giorno, sarebbe stata la nostra nuova dimora, ci furono dati dei cellulari nuovi, e ci fu ordinato di non uscire mai da quell'albergo (di cui non ricordo nemmeno il nome), per evitare di essere visti. Erano le otto del mattino del 27 dicembre 2003, quando per la prima volta entrammo in quell'hotel: era molto più piccolo rispetto all'hotel Colonial di Juarez, e mi bastò varcarne la soglia per capire che anche i servizi che offriva erano molto più scadenti: l'albergatore che ci accolse era un uomo grasso, dai capelli lunghi e sporchi, e dall'atteggiamento di una persona sempre indaffarata ed affaticata dal continuo correre avanti e indietro tra le poche stanze dell'hotel, un lavoro che, a causa della grossa corporatura, lo faceva sudare anche in pieno inverno, quando le temperature più rigide rappresentano un chiaro ostacolo alla sudorazione di qualsiasi corpo umano (è evidente che in estate, con il caldo, chiunque suderebbe di più che in inverno!). Dal modo in cui parlava la nostra lingua (intesa, ovviamente, come inglese americano), nessuno avrebbe scommesso nemmeno un quarto di dollaro sulle sue origini ispaniche, se non avesse visto il colore olivastro della pelle che, per contro, ne metteva in evidenza la provenienza dal Messico. Era evidente, però, che nonostante El Paso fosse la città di confine tra Messico e Stati Uniti, che ospitava una quantità enorme di messicani (d'altronde, anche il nome della città è spagnolo!), quell'uomo aveva imparato a vivere e ad esprimersi come un vero americano, tanto da non farci sentire minimamente l'accento straniero tipico di chi, appena approdato in un altro Paese, ha notevoli difficoltà ad esprimersi e farsi capire. No, no, lui si faceva capire benissimo! Eccome se lo faceva! Tuttavia, aveva un'aria rozza, che mi irritò fin dal primo istante in cui lo vidi. Ci salutò calorosamente, dando sia a me che a Villanueva una pacca sulla spalla e dicendoci che aveva a disposizione due comode stanze singole al piano superiore dell'edificio (che era di tre piani, comprendendo anche il pianterreno). Mi infastidì molto il fatto che uno sconosciuto mi desse tanta confidenza; d'altronde, da molti mesi mi ero abituato più a guardarmi le spalle da tutte le persone che incontravo che a dar loro confidenza, ma intuendo il modo di fare di quell'uomo, ed essendo troppo stanco per oppormi al suo comportamento, lo lasciai perdere e mi diressi verso la mia stanza al piano superiore dopo che mi consegnò le chiavi. La camera era stata pulita un po' alla carlona, e non appena mi buttai sul materasso (eh già, perché mi ci sdraiai, mi ci gettai nel vero senso del termine, come se avessi dovuto gettarmi in una vasca piena d'acqua) vidi un alone di polvere alzarsi, allo stesso modo di uno sciame di vespe che, vedendo la mano dell'uomo avvicinarsi al proprio alveare, gli si aizzano contro per difendere la loro casa.

Dormii per qualche ora, dopodiché accesi la piccola televisione della stanza, per seguire il notiziario: come sempre, la CNN americana trasmise una notizia a me ben nota: la sparatoria avvenuta poco distante dal centro di Juarez, " terminata con l'uccisione di alcuni soldati dei Diablos Rojos, uno dei cartelli della droga più potenti del Messico, che segnerà probabilmente la ripresa della guerra fra narcotrafficanti, una guerra senza quartiere che, purtroppo, ha già mietuto troppe vittime. Nessuno saprà mai il motivo dell'interruzione della tregua, si sa solamente che nemmeno gli ultimi giorni di quest'anno saranno tranquilli in Messico." I giornalisti, poi, continuavano: "Speriamo che i nostri commilitoni non debbano subire perdite da questa guerra, e preghiamo affinché tornino a casa tutti interi dalle loro famiglie."

Al sentire quelle ultime tre parole, pensai: "Non ci saranno un padre ed una madre ad accogliermi. Solo una donna, di nome Gabriela"

Pensando a lei, decisi di chiamarla: avevo conservato il suo numero, scrivendolo su un biglietto che conservavo sotto la

suola delle scarpe. Dopo averlo estratto dalla scarpa, digitai il numero sul telefono di servizio di quel piccolo albergo in cui mi trovavo, e non appena lei rispose (pur con voce incerta, dato che non aveva salvato quel numero sul cellulare), le dissi che ero rientrato in territorio statunitense, e che stavo bene. Mi scusai per non averla chiamata prima, ma le promisi che tra non molto tutto sarebbe finito (anche se nemmeno io sapevo se avrei dovuto credere a quel che dicevo). Lei mi rispose che si era preoccupata molto, e che mi credeva morto, non vedendo alcuna chiamata e notando che la scheda del mio cellulare non funzionava (l'avevo spezzata e gettata via, come avrebbe potuto funzionare?!). Nonostante ciò, ero ancora vivo e vegeto, e promisi nuovamente a Gabriela che sarei tornato a casa (ci credeva? Non lo so, ma di sicuro ci sperava) sano e salvo, e che saremmo stati insieme tutto il tempo che desiderava.
Una volta conclusa la telefonata, mi rimisi a dormire per qualche ora ancora, fino a che non arrivò l'albergatore a svegliarmi, bussando con modi poco educati alla porta della mia stanza chiusa a chiave e chiamandomi con l'appellativo "hombre" (d'altronde, il mio nome non lo sapeva, e in qualche modo doveva farsi capire!) a voce molto alta, quasi al limite dello sbraitare.
Quando mi svegliai per la seconda volta erano le quattro del pomeriggio, ed anche se avrei voluto restarmene tranquillamente a dormire ancora per un bel po', il dovere chiamava nuovamente: mentre io e Villanueva ce ne stavamo belli tranquilli in albergo, la task force era andata in perlustrazione a Juarez per osservare l'effetto di ciò che la nostra scomparsa e l'uccisione dei soldati di Lucero avevano provocato. Come previsto, l'alleanza tra Diablos Rojos e Zetas si era spezzata, e la rappresaglia da parte dei primi sui secondi non si era fatta attendere: secondo quanto diceva Teller, che era tornato all'albergo per ragguagliarci sulla situazione, verso le due del pomeriggio c'era stata una sparatoria, e due uomini

degli Zetas erano morti. Durante l'ora successiva, invece, nella periferia di Juarez due piccole bande affiliate ai due cartelli oramai rivali, si erano sparate l'una contro l'altra, con effetti disastrosi: dodici morti e cinque feriti in gravissime condizioni.
Per riassumere quanto raccontato da Teller, che aveva mandato i suoi uomini a perlustrare il territorio di Juarez, nel giro di due ore quattordici persone avevano perso la vita a causa dell'inizio di una nuova guerra, una guerra che avrebbe logorato i cartelli della droga dall'interno, bloccandone i traffici (o forse, riducendone solo temporaneamente la quantità). Il ritorno della guerra tra bande criminali erano una manna dal cielo sia per l'esercito messicano, che avrebbe dovuto attivare meno uomini per sconfiggerle definitivamente, sia per quello statunitense, che non avrebbe dovuto mandare troppi uomini ad appoggiare i militari messicani, evitando così il rischio di subire perdite eccessive.
Personalmente, aspettavo con ansia il momento in cui Lucero sarebbe uscito allo scoperto, ed il fatto di restarmene chiuso in una camera d'albergo, nascosto come un coniglio impaurito, mi faceva temere che avrei perso la mia occasione per ucciderlo e riuscire finalmente a vendicare la mia famiglia.
Nello stesso tempo, però, mi rendevo conto che, fino al momento in cui i Diablos Rojos e gli Zetas non fossero stati definitivamente sconfitti, non avrei potuto farmi vedere in Messico, e men che meno a Juarez, dove quasi tutti conoscevano il mio volto.
Non starò qui a raccontare come io e Villanueva trascorremmo il capodanno, anche perché la violenza dei cartelli e la morte di migliaia di uomini in tutto il Messico non mi permisero nemmeno di rendermi conto che si trattava dell'ultimo giorno di quel maledetto 2003, facendo passare in secondo piano anche il fatto che avevamo disobbedito agli ordini di Mason, il quale ci aveva ordinato di rimanere sul posto a raccogliere altre informazioni per loro (di che altre informazioni aveva bisogno,

poi, io non lo capivo proprio, dato che assieme a Villanueva avevo raccolto tutti i dati possibili su traffici di droga ed esseri umani, passandole poi alla task force).
Ascoltai il telegiornale quotidianamente fino al 31 dicembre 2003, e non c'era giorno in cui non si verificassero rappresaglie fra gli Zetas e i Diablos Rojos. Fortunatamente, grazie a questa guerra, anche l'esercito messicano, aiutato da quello americano, aveva iniziato a muovere i primi passi contro i cartelli della droga, sequestrando e distruggendo decine di laboratori per la produzione degli stupefacenti. L'esercito americano, che forniva ausilio al Messico nella zona di confine, aveva bloccato molti traffici di esseri umani messi in piedi dagli Zetas soprattutto nelle zone del Rio Bravo e molti dei responsabili delle ditte di trasporti su cui Lucero aveva investito milioni di dollari, erano stati arrestati dalla polizia messicana con l'accusa di favoreggiamento dell'immigrazione clandestina.
La situazione, insomma, si stava pian piano capovolgendo, e questo era ciò per cui sia io che Villanueva avevamo lavorato fin dall'inizio. Per la prima volta dopo tanti mesi di duro lavoro come infiltrato, mi sentii fiero di ciò che avevo fatto fino a quel momento e di ciò che avrei continuato a fare, fino al completo assolvimento ai miei doveri di buon soldato. Iniziavo a pensare (e forse a capire) che tutti gli uomini che avevo ucciso non erano altro che un gradino da scalare verso il compimento di una missione che per la mia vita avrebbe potuto rappresentare una redenzione. Qual è, infatti, il miglior modo di redimersi per un uomo, se non il raggiungimento di uno scopo, dopo una lotta all'ultimo sangue contro tutti gli ostacoli che si possono porre tra un lui ed il suo obiettivo? Dopo la disfatta dei cartelli, ormai prossima al compimento, mi sarebbe rimasto l'ultimo gradino da scalare, e quel gradino portava il nome del mandante dell'assassinio dei miei genitori. Dovevo ucciderlo allo stesso modo in cui erano morti mio padre e mia madre:

sgozzato, e non gli avrei lasciato nemmeno la possibilità di gridare di dolore. Tutti gli uomini che avevo ammazzato meritavano di morire per ciò che avevano fatto, ma quell'uomo, ancora in vita, lo meritava più di tutti loro messi assieme. E se vi dico questo, non ve lo sto dicendo solo perché aveva fatto sterminare tutta la mia famiglia (le guerre non si fanno con le vendette personali), ma per tutte le persone sulla pelle delle quali si arricchiva, vendendo loro uno strumento per uccidersi.
Verso la mezzanotte del 31 dicembre di quel maledetto 2003 il mio cellulare squillò nuovamente: era Teller, che mi diede la notizia dell'arrivo di Lucero a Juarez.
Da quanto aveva sentito, si diceva che volesse trattare con gli Zetas una tregua per poter riprendere i traffici, che nel frattempo erano considerevolmente diminuiti.
Era la mia occasione: potevo giocare sul fattore sorpresa, perché il cartello dei Diablos Rojos era convinto che fossi morto o scomparso chissà dove.
Nessuno si sarebbe aspettato un mio ritorno a Juarez.
Ordinai a Teller di venirmi a prelevare immediatamente dall'hotel, per pedinare Lucero e catturarlo prima che facesse a tempo ad incontrarsi con gli Zetas.
In meno di due ore, il capo della task force arrivò nella città di El Paso, e finalmente arrivò davanti a quel piccolo e sporco hotel in cui avevo alloggiato per ben quattro giorni, e dal quale non vedevo l'ora di uscire.
I suoi uomini erano rimasti a Juarez in perlustrazione, per osservare la situazione e pedinare sia gli Zetas sia i Diablos Rojos, tra i quali continuavano le sparatorie, nell'attesa di un'imminente tregua.
Stando a quanto mi raccontava Teller, Lucero era tornato a Juarez ed era stato avvistato vicino all'Hotel Colonial il giorno prima di capodanno, ma a causa di una nuova sparatoria, era nuovamente fuggito, nascondendosi in uno dei settori della

città sotto il controllo di piccole gang affiliate al suo cartello. Erano bande criminali molto violente e pericolose, si rifornivano di armi direttamente dai Diablos Rojos, e costituivano per Lucero una scorta perfetta, che lo metteva al riparo da ogni rischio. Proprio per questo motivo, riuscire ad arrivare a Lucero sarebbe stato molto più difficile, e mi sarebbe servito l'appoggio dell'intera task force.
Ciò che mi premeva, inoltre, era fare in modo che l'incontro tra i Diablos Rojos e gli Zetas non avvenisse, perché in caso contrario Lucero sarebbe nuovamente sparito chissà dove in Messico, ed i traffici di droga ed esseri umani sarebbero ripresi con la stessa frequenza di quando l'alleanza fra i due cartelli era stata creata.
Erano le cinque del mattino dell'1 gennaio 2004, quando arrivammo in gran segreto a Juarez. Teller mi portò in una piccola abitazione abbandonata, dove ci stavano aspettando gli altri uomini della task force. L'abitazione si trovava a poche centinaia di metri dalla zona di Juarez sotto il controllo dei Diablos Rojos.
Villanueva era rimasto a El Paso. Non avevo avuto il tempo di avvertirlo della mia partenza, ma sapevo che in un modo o nell'altro ci avrebbe raggiunti molto presto. Inoltre, avevo lasciato istruzioni al proprietario dell'hotel in cui avevo alloggiato, affinché gli comunicasse che ero tornato a Juarez per pedinare Lucero.
Gli uomini della task force avevano individuato la posizione di Lucero, che si nascondeva in un piccolo bar abbandonato e del quale i suoi soldati avevano preso il controllo.
Il bar era presidiato da guardie armate sia all'interno che all'esterno, ed il territorio che lo circondava era sorvegliato da uomini armati, appartenenti a gang affiliate al suo cartello.
Appena gli uomini della task force mi illustrarono la situazione, mi resi conto che provare ad avvicinarmi a Lucero solo con un manipolo di sei uomini sarebbe stata una missione

suicida, dalla quale non avrei avuto alcuna possibilità di uscire vivo. Mi servivano più uomini, e forse la polizia del Messico avrebbe potuto fornirmi un supporto in questo: dopotutto, erano anni che le forze dell'ordine messicane, assieme a quelle statunitensi, cercavano di trovare Lucero per arrestarlo, e se ci avessero supportato in questa operazione avrebbero avuto almeno la possibilità di vedere il suo cadavere. Già, il suo cadavere, vi dico, perché i miei piani per lui non erano affatto cambiati. Anzi, maggiore era la mia consapevolezza di essere finalmente vicino al mio obiettivo, e maggiore era la mia eccitazione per una caccia che stava finalmente volgendo al termine.

Gli uomini della task force avevano, per mia fortuna, dei contatti con molti agenti della polizia messicana, sui quali sarebbero stati pronti a mettere molto più che una mano sul fuoco riguardo alla loro incorruttibilità.

Provvedemmo quindi a reclutare più agenti possibili, per prendere il controllo almeno della parte di Juarez presidiata dai Diablos Rojos.

In meno di due giorni la polizia messicana era stata informata della presenza di Lucero a Juarez, ed era pronta a combattere i Diablos Rojos in uno scontro a fuoco che avrebbe determinato (o almeno, questo era ciò che si sperava) la loro definitiva sconfitta. In questi due giorni, Lucero non era mai uscito dal suo rifugio, il che ci aveva fatto guadagnare ancora più tempo per organizzarci. Non conoscevo tutti i dettagli del piano, anche perché ad essere sincero non mi interessavano affatto: il mio solo pensiero, era riuscire ad entrare vivo in quel bar, catturare Lucero, ed ucciderlo.

Fin da quando ero partito avevo portato con me una foto dei miei genitori, ed ogni tanto la tiravo fuori dalla tasca dei pantaloni per osservarla e ricordarmi il motivo per cui mi trovavo in quel posto e qual era la mia missione.

L'osservare, di tanto in tanto, quella semplice fotografia, mi

aveva permesso di non perdere mai di vista il mio obiettivo: avevo lavorato per il mio nemico, e da lui ero stato profumatamente pagato, questo è vero, ma non avevo mai scordato chi fossero i miei alleati e quelli contro cui dovevo combattere.
Sembra una cosa scontata, ma non lo è affatto: capita a molti agenti infiltrati di perdere di vista il proprio obiettivo e di finire per schierarsi con quello che prima era il loro nemico. Forse, il fatto di sapere che il mio obiettivo era rappresentato da una sola persona, mi aveva aiutato a non sentirmi mai un membro dei Diablos Rojos, pur avendo lavorato per loro.
In questi due giorni di tempo, anche Villanueva arrivò a Juarez e, senza farsi vedere da nessuno, raggiunse il rifugio dal quale pedinavamo Lucero ed i suoi soldati.
Finalmente, il 4 gennaio 2004, fummo pronti ad agire.
Io, Villanueva, Teller ed altri due uomini della task force saremmo dovuti entrare nel bar in cui Lucero si nascondeva ed uccidere tutte le guardie. Prima, però, la polizia messicana, che avrebbe usato agenti in borghese, si sarebbe occupata dei soldati degli uomini di Lucero che presidiavano le strade attorno al bar. Il piano sarebbe stato portato a compimento di notte, per poter contare sul fattore sorpresa.
Trascorsi una giornata all'insegna dell'ozio, nella quale il tempo, colpevole di non trascorrere con la velocità da me auspicata, era diventato il mio peggior nemico.
Ma per quanto il tempo sembrasse voler rallentare la sua corsa, l'ora dell'azione finalmente arrivò: ci armammo come meglio potevamo, mettemmo i silenziatori sulle pistole e sui fucili, in modo tale da non fare troppo rumore ed affinché i soldati dei Diablos Rojos non avessero il tempo di accorgersi della nostra imboscata.
Erano le undici e mezza di sera, quando lo scontro a fuoco iniziò. Eravamo organizzati in modo tale da agire contemporaneamente in tutte le zone di Juarcz presidiate dai

Diablos Rojos, e finalmente ci fu dato il via all'operazione: uscimmo dal rifugio armati di pistola, ed uccidemmo i soldati di Lucero all'esterno dei suo nascondiglio. Avendo usato pistole con il silenziatore, le guardie all'interno del bar non si erano accorte di nulla. Non sapevo come stesse procedendo lo scontro nelle altre zone della città, ma sapevo di avere il mio obiettivo ormai in pugno. Raggiungemmo l'entrata del bar con facilità, e ci nascondemmo dietro ai muri esterni, per assicurarci che le guardie all'interno non ci vedessero. La porta del bar era chiusa. Teller e gli altri due uomini della task force si posizionarono di fronte ad essa. Uno dei due mi ordinò di bussare, per fare in modo che le guardie all'interno aprissero ed uscissero. Eseguii l'ordine e tornai in posizione. Appena la porta venne aperta completamente, vidi due guardie che uscivano l'una dietro l'altra. A quel punto partirono due colpi di pistola, e quasi contemporaneamente uno schizzo di sangue partì dalla testa della guardia che si trovava davanti e mi sporcò il volto. Mentre il suo corpo cadeva a terra, privo di vita, Villanueva tirò fuori il pugnale, afferrò la seconda guardia con un braccio, e con l'altro gli conficcò il pugnale dentro al collo. Lo fece ripetutamente, e con una violenza che in quell'attimo mi sembrò di non aver mai visto prima, cosicché quell'uomo non avesse il tempo di gridare per il dolore, mentre il sangue usciva a fiotti dal suo collo.
Entrammo nel primo piano del bar. Immediatamente, dal piano superiore sbucarono due guardie armate, che iniziarono a sparare all'impazzata. Ribaltai uno dei tavolini del bar e mi abbassai per non essere colpito, ma mi resi conto che quegli spari avrebbero potuto attirare anche gli altri soldati di Lucero verso il bar. Mi sporsi per un istante, per vedere dove si trovassero quelle due guardie e per poter prendere la mira. Appena viste le guardie, sparai due colpi, e li uccisi tutti e due. Stavamo per iniziare a salire le scale, quando Lucero, rimasto ormai solo, uscì allo scoperto armato di mitraglia ed iniziò a

sparare. Avendolo conosciuto, penso che avrebbe preferito morire dissanguato e con mille proiettili in corpo pur di non farsi catturare. Sapeva di non poter uscire vivo da quello scontro, eppure continuava a sparare, come un leone che, pur sapendo di non poter rompere la gabbia in cui si trova, continua a ruggire e colpirla con delle zampate.
La sua furia contro di noi lo aveva evidentemente accecato per qualche istante, perché non appena riconobbe il mio volto e quello di Villanueva abbassò l'arma, e ci fissò con sguardo stupito ed avvilito allo stesso tempo. Quel che era certo, è che non si aspettava di vederci: per mesi e mesi aveva creduto che stessimo dalla sua parte, che fossimo due dei suoi uomini più spietati. Era stato cieco per tutto questo tempo, durante il quale avevamo avuto la possibilità di distruggere la sua organizzazione dall'interno. In un attimo spalancò gli occhi e sembrò capire tutto ciò che era successo. Gli parve di capire il modo in cui lo avevamo tradito, e quanto il nostro tradimento si fosse rivelato profondo per i Diablos Rojos. Eravamo stati la sua gloria e poco dopo la sua rovina, gli artefici della sua ascesa al potere, e poco dopo della sua disfatta. Capì che non eravamo mai stati dalla sua parte, e che tutto ciò che facevamo per far guadagnare potere al suo cartello, in realtà, era un'altra mossa per spedirlo all'inferno, del quale, oramai, per lui si stavano spalancando le porte.
Approfittai di quell'attimo di esitazione per puntare la pistola contro quell'uomo e sparare. Lo colpii al ginocchio, e dopo aver sentito il suo grido di dolore, lo vidi cadere a terra, sanguinante. A quel punto, mi diressi verso di lui, e una volta che gli ebbi sfilato l'arma dalle mani, lo presi per i capelli, trascinandolo nel piano superiore del bar. Non mi disse una parola, e mentre lo fissavo, tirai fuori dalla tasca dei pantaloni la foto dei miei genitori che tenevo sempre con me, e gliela posi davanti agli occhi.
"Sai chi è quest'uomo?" chiesi io, indicando il volto di mio

padre. Lucero non guardò nemmeno la foto e mi disse: "Fottiti". A quel punto gli diedi un pugno nel volto talmente forte da fargli sputare un dente.

Glielo richiesi cinque o sei volte prima di ottenere una risposta, colpendolo continuamente con calci e pugni ogni volta che si rifiutava di rispondermi. Dopo la settima volta che gli mostrai quella foto e gli chiesi se conosceva le persone in essa raffigurate, si decise a guardarla, ma non mi rispose. Stavo per ricominciare a picchiarlo, ma lui mi disse, con tono impaurito: "No, aspetta. Aspetta! Non so chi siano queste persone!"

"Allora guarda meglio!" ribattei io, colpendolo nuovamente con un calcio in pieno stomaco.

Per l'ultima volta, riguardò quella foto, e con la stessa rabbia di chi ormai sa di non avere più niente da perdere, mi rispose: "E va bene..! Conosco solamente l'uomo. Era uno dei miei intermediari, e mi aveva tradito. Doveva morire, allo stesso modo in cui dovresti morire tu! Di sua moglie, non me ne frega niente. Ma una volta ucciso lui, anche lei doveva seguire la stessa sorte! È così che agiscono i cartelli, dovresti saperlo, dato che eri un mio soldato!"

Al sentire quelle parole, tirai fuori il pugnale, e gli dissi: "Erano i miei genitori.. E tu li hai fatti ammazzare.. Ora è il tuo momento di morire, e morirai esattamente come loro!"

A quel punto, Lucero iniziò a piangere, impaurito come non lo avevo mai visto, e con voce singhiozzante mi disse: "Pietà! Ti prego! Pietà! Ti darò tutto ciò che vorrai, ma ti prego, lasciami vivere. Ormai è finita per me!"

La mia risposta fu immediata: "Pietà? Sì, la stessa pietà che hai avuto per la mia famiglia."

Dopo queste parole, lo afferrai nuovamente per i capelli, avvicinai il pugnale al suo collo, e gli tagliai la gola procedendo più lentamente che potevo affinché soffrisse il più possibile. Gridò di dolore per qualche istante, e quando terminai di sgozzarlo, lo gettai a terra, mentre il sangue usciva

dal suo collo a fiotti, colorando di rosso il pavimento di quel bar abbandonato, che era diventato la sua tomba.
Scesi nuovamente al piano inferiore del locale, e vidi Villanueva e Teller, i quali, sorridendo, mi diedero una pacca sulla spalla, e mi dissero: "Ora è finita, ragazzo. Torniamo a casa.."
Mi rendevo conto, persino in quel momento di rabbia, che pur uccidendo Lucero nessuno mi avrebbe mai restituito i miei genitori. Non provavo soddisfazione per ciò che avevo fatto, tuttavia avevo vendicato i miei genitori, ed avevo raggiunto il mio obbiettivo. Ora ero davvero pronto per tornare a Miami, dove mi aspettava Gabriela. Ora i cartelli della droga non sarebbero più stati un mio problema. Dopo mesi e mesi di lavoro da agente infiltrato, i servizi Statunitensi possedevano talmente tante informazioni da poter bloccare un numero inimmaginabile di carichi di droga e di traffici di esseri umani.
In meno di due ore ritornai nel territorio statunitense, e rientrai, assieme a Villanueva, nella base militare al confine con il Messico. Fummo accolti da un caloroso applauso, perché tutti i nostri commilitoni erano venuti a conoscenza del lavoro che io e il mio compagno avevamo fatto per difendere il nostro Paese dalla piaga dell'immigrazione clandestina e della vendita di stupefacenti.
Non avevo la certezza del fatto che con questo lavoro saremmo riusciti a debellare completamente i narcotrafficanti: dopotutto, la storia ci insegna, non esiste un modo per estirpare la corruzione e la criminalità dal mondo. Tuttavia, io ed i miei commilitoni avevamo fatto la nostra parte, e di questo eravamo fieri.
Dopo sei lunghi mesi, me ne tornai a Miami.
Quando entrai in città, erano le quattro del pomeriggio del 7 gennaio 2004.
Fui accolto da Gabriela, che mi corse incontro e mi baciò con un affetto ed un calore che mi mancavano da molti mesi e che

sembravano volermi mettere al riparo dal freddo dell'inverno di Miami.

Nonostante le basse temperature, il tempo era sereno, ed un sole raggiante illuminava le strade della città, quasi a voler ricordare come Miami fosse una città vicina al mare, nella quale il calore non può mai mancare.

Mentre camminavamo, Gabriela mi raccontava tutto ciò che aveva fatto tutto questo tempo. Mi disse che aveva trovato lavoro come cameriera, anche grazie all'aiuto del detective Johnson da cui aveva trascorso questi mesi in mia assenza.

Io la ascoltavo con piacere, e le facevo molte domande, per fare in modo che continuasse a parlare. Avrei voluto ascoltarla per giorni, e non solo perché il suono della sua voce mi piaceva tanto quanto i suoi occhi o le sue curve, ma anche perché non volevo che arrivasse il momento in cui avrei dovuto raccontare i mesi trascorsi in Messico senza di lei. Quel momento, per fortuna, non arrivò mai, perché Gabriela non mi fece alcuna domanda su ciò che avevo vissuto a Juarez. Dopotutto, lo sapeva fin troppo bene, e per questo preferiva non chiedermi nulla.

Quando finì di parlare, ci scambiammo un sorriso ed un abbraccio. Poi, il silenzio. Un silenzio che parlava più di mille racconti.

Ero consapevole del fatto che si trattava del frutto dei miei ricordi, ancora troppo vividi nella mia mente. Tuttavia non riuscivo a togliermi quei pensieri dalla testa, per dedicarmi completamente al mondo di tutti i giorni, in cui avevo appena fatto ritorno. Mi resi conto che l'esperienza militare, ed in particolare quella da agente infiltrato, sarebbe rimasta un ricordo indelebile nella mia mente e nel mio cuore, ed assieme ad essa, sarebbe rimasta impressa nella mia testa una parte, seppur infima, di tutto l'odio che avevo provato in quei mesi.

Continuai a camminare tenendo Gabriela per mano, fino a che non raggiungemmo il cimitero in cui erano sepolti i miei

genitori. Le loro tombe erano situate l'una vicino all'altra.
Mi fermai a guardarle per pochi minuti, in silenzio. Gabriela, che era rimasta dietro di me, mi venne più vicino, e disse: "Sono sicura, che ti stanno guardando dal cielo.."
Io non risposi nulla. Ad un certo punto, tirai fuori una piccola fotografia, che ci rappresentava tutti assieme. Dopo averla osservata per qualche istante, mi inginocchiai tra le due lapidi, la appoggiai a terra, e lì la lasciai, affinché ci rimanesse per sempre.
Me ne andai dal cimitero in silenzio, con Gabriela che mi teneva la mano. Dopo una camminata di un paio d'ore, stavo per tornare a casa mia, a quella stessa dimora che non avevo più rivisto dal giorno dell'assassinio della mia famiglia.
Arrivai davanti all'uscio di casa, e mentre stavo per aprire la porta d'entrata, sentii un tocco sulla gamba: mi girai, e vidi un ragazzo in sedia a rotelle, con il volto coperto da una berretta, un paio di occhiali da sole, ed una felpa. Lo guardai per qualche istante, ma non riuscii a riconoscerlo fino a che non se li tolse: era Jack! Non mi sarei mai immaginato di vederlo in quello stato, e non avrei mai voluto!
Anche quegli istanti furono accompagnati dal silenzio. Ci scambiammo un sorriso, mentre una lacrima scendeva dai nostri occhi. A quel punto, il silenzio si ruppe: "Andy.. Dove sei stato tutto questo tempo?" mi chiese lui. Io aprii la porta di casa, e gli risposi: "Vieni, ho una lunga storia da raccontarti.

UNA BREVE POSTFAZIONE..

Pur essendo una storia inventata, questo libro è dedicato a tutte quelle persone che pur conoscendo i rischi ed i pericoli dell'assunzione di stupefacenti, decide, stupidamente, di comprarli e di sballarsi ugualmente.
Voglio dedicare questo libro a tutti voi, affinché vi ricordiate, prima di assumere stupefacenti, che una pillola di chissà quale sostanza, uno spinello, o una siringa, portano dietro di sé una lunga ed interminabile scia di sangue, fatta di guerre fra organizzazioni, morti di persone innocenti, e chi più ne ha più ne metta. In questo mio racconto ho scelto di non parlare degli effetti della droga sulle persone, ma ho preferito concentrarmi sulle premesse e sulle implicazioni del business della droga: esso inizia e termina con una scia di sangue, e se non iniziate ad agire usando la ragione, quel sangue potrebbe essere proprio il vostro.
Voglio dedicare questo mio racconto anche a tutti coloro che ogni giorno combattono contro i narcotrafficanti.
Voglio che sappiate che apprezzo e rispetto moltissimo il lavoro che state facendo; avete fatto molto, ma rimane ancora molto da fare, e ho fiducia del fatto che prima o poi, la piaga della droga verrà debellata definitivamente.

INDICE

1. Episodi che cambiano la vita
2. Il momento di diventare un soldato
3. L'inferno in Texas
4. Criminali
5. Juarez
6. Demoni contro: la guerra per il potere
7. El Diablo y Los Zetas: l'alleanza
8. Hasta la victoria: la vendetta

Printed in Great Britain
by Amazon